Günter Grass

Kopfgeburten oder Die Deutschen sterben aus

Günter Grass: Werkausgabe
herausgegeben von Volker Neuhaus und Daniela Hermes

Band 10
herausgegeben von Volker Neuhaus

Günter Grass

Kopfgeburten oder Die Deutschen sterben aus

Steidl

1. Auflage 1997

Erstausgabe: Juni 1980

Buchgestaltung: Günter Grass, Gerhard Steidl
Gesamtherstellung: Steidl, Göttingen
Printed in Germany
ISBN 3-88243-491-0

Für Nicolas Born

I

Zufuß zwischen Radfahrern, die sich in Haltung, Kleidung unendlich wiederholen, mitten im Radfahrerdschungel, in Shanghai, jener Stadt, in der elf von neunhundertfünfzig Millionen Chinesen leben, fremd in der Masse, fiel uns plötzlich als Spekulation eine Umkehrung an: in Zukunft habe die Welt mit neunhundertfünfzig Millionen Deutschen zu rechnen, während das chinesische Volk, nach Zählung der in zwei Staaten lebenden Deutschen, mit knapp achtzig Millionen Chinesen zu beziffern sei. Sogleich zwang sich mir eine deutschstämmige Zwischenrechnung auf, nach der, zur deutschen Masse gehörend, über hundert Millionen Sachsen und hundertzwanzig Millionen Schwaben auszögen, der Welt ihren gebündelten Fleiß anzudienen.

Wir erschraken inmitten der Radfahrervölker. Kann man sich das ausdenken? Darf man sich das ausdenken? Ist diese Welt vorstellbar: bevölkert von neunhundertfünfzig Millionen Deutschen, die sich, bei strikt eingehaltener Zuwachsrate von nur 1,2 %, dennoch bis zum Jahre 2000 auf über eine Milliarde und zweihundert Millionen Deutsche auswachsen? Wäre der Welt das zuzumuten? Müßte die Welt sich nicht (aber wie?) dieser Zahl erwehren? Oder könnte die Welt so viele Deutsche (Sachsen und Schwaben inbegriffen) ertragen, wie sie zur Zeit über neunhundertfünfzig Millionen Chinesen erträgt?

Und was wäre als Ursache dieser Ausgeburt triftig? Unter welchen Voraussetzungen, nach welchem Endsieg hätten sich die Deutschen so erschreckend vermehren können? Durch Einordnen, Eindeutschen, durch Mutterkult und Lebensborn?

Um mich nicht weiter in Schlußfolgerungen zu verlieren, beruhige ich uns mit dem Gedanken: Es ließe sich, bei Wiederbelebung preußischer Traditionen, eine Milliarde Deutsche immerhin verwalten, wie die chinesische Beamtentradition ihrer Masse, trotz revolutionärer Schübe, Verwaltung garantiert.

Dann mußten Ute und ich wieder auf die Wirklichkeit, den Radfahrerverkehr achten. (Nur knapp gelang es mir, die Epiphanie zu vermeiden, inmitten deutscher Radfahrervölker zufuß bestehen zu müssen. Heil entkamen wir dem Verkehr und weiteren Erscheinungen, die uns hätten verstören können.) Doch als unsere Monatsreise uns von China her über Singapore, Manila und Kairo wieder nach München, Hamburg, Berlin brachte, war die deutsche Wirklichkeit gleichfalls von Spekulationen durchsetzt, diesmal von rückläufigen.

Um Stellen hinterm Komma wurde gestritten. Die christliche Opposition warf der Regierung vor, sie hindere die Deutschen, sich ordentlich zu vermehren. Sozialliberale Mißwirtschaft lasse die Menschenproduktion stagnieren. Schwund drohe dem deutschen Volk. Nur noch mit Hilfe der Ausländer gelinge es, sechzig Millionen zu bleiben. Das sei eine Schande. Denn wenn man von den Ausländern absehe – was nur natürlich sei und selbstverständlich sein sollte –, ließe sich das vorerst noch langsame, dann immer raschere Vergreisen, schließlich das Hinwegschwinden der Deutschen vorausberechnen, wie man ja andererseits den Millionenzuwachs der chinesischen Bevölkerung statistisch vorgewußt und bis zum Jahr 2000 hochgerechnet habe.

Es mag sein, daß jener hohe Staatsbesuch aus der Volksrepublik China, der sich mit der Bundestags- und Öffentlichkeitsdebatte über den deutschen Bevölkerungsschwund gleichzeitig hinzog, die Ängste der Opposition gefördert hat. Nun macht sie Angst. Und da die Angst in Deutschland immer gute Zuwachsraten gehabt hat und sich schneller als die Chinesen vermehrt, ist sie angstmachenden Politikern zum Programm geworden.

Die Deutschen sterben aus. Ein Raum ohne Volk. Kann man sich das vorstellen? Darf man sich das vorstellen? Wie sähe die Welt aus, gäbe es keine Deutschen mehr? Was finge die Welt mit sich an ohne die Deutschen? Müßte sie fortan am chinesischen Wesen genesen? Ginge den Völkern ohne die deutsche Zutat das Salz aus? Hätte die Welt ohne uns noch irgendeinen Sinn oder Geschmack? Müßte die Welt sich nicht neue Deutsche erfinden, inbegriffen Sachsen und Schwaben? Und wären die ausgestorbenen Deutschen im Rückblick faßlicher, weil nun in Vitrinen zur Ansicht gebracht: endlich von keiner Unruhe mehr bewegt?

Und weiter gefragt: gehört nicht Größe dazu, sich aus der Geschichte zu nehmen, dem Zuwachs zu entraten und nur noch Lehrstoff für jüngere Völker zu sein?

Da diese Spekulation langlebig zu sein verspricht, ist sie mir Thema geworden. Ich weiß noch nicht: wird es ein Buch oder Film? »Kopfgeburten« könnte der Film oder das Buch oder beides heißen und sich auf den Gott Zeus berufen, aus dessen Kopf die Göttin Athene geboren wurde; ein Widersinn, der männliche Köpfe heutzutage noch schwängert.

Im Reisegepäck hatte ich ein anderes Thema. Auf vierzehn Seiten Manuskript ausgebreitet, lag es obendrein in englischer Fassung bereit: »Die beiden deutschen Literaturen« – oder wie der Untertitel hätte heißen können: »Deutschland – ein literarischer Begriff«. Denn meine These, die ich in Peking, Shanghai und anderenorts vortragen wollte, sagt: Als etwas Gesamtdeutsches läßt sich in beiden deutschen Staaten nur noch die Literatur nachweisen; sie hält sich nicht an die Grenze, so hemmend besonders ihr die Grenze gezogen wurde. Die Deutschen wollen oder dürfen das nicht wissen. Da sie politisch, ideologisch, wirtschaftlich und militärisch mehr gegen- als nebeneinander leben, gelingt es ihnen wieder einmal nicht, sich ohne Krampf als Nation zu begreifen: als zwei Staaten einer Nation. Weil sich die beiden Staaten einzig materialistisch hier ausleben, dort definieren, ist ihnen die andere Möglichkeit, Kulturnation zu sein, versperrt. Außer Kapitalismus und Kommunismus fällt ihnen nichts ein. Nur ihre Preise wollen sie vergleichen.

Erst neuerdings, seitdem es mit der Zuwachsrate hapert und das liebe Öl nicht mehr fließt, wie es soll, sucht man nach positiven Inhalten: Zukost soll das leibeigne Vakuum stopfen. Man stochert nach geistigen Werten, die, um intellektuelle Spitzfindigkeiten auszuschließen, Grundwerte genannt werden. Ethik im Schlußverkauf. Tagtäglich kommt ein neuer Christusbegriff auf den Markt. Kultur ist in. Lesungen, Vorträge, Ausstellungen sind überlaufen. Theaterwochen wollen nicht enden. An Musik hört man sich satt. Wie ein Ertrinkender greift der Bürger zum Buch. Und die Schriftsteller des einen, des anderen deutschen Staates sind populärer, als es die Polizei des einen erlauben, die Demoskopie des anderen wahrhaben will; das ängstigt die Dichter.

Mit einfachen, vereinfachenden Sätzen wollte ich vom phasenverschobenen Entwicklungsprozeß der deutschsprachigen Nachkriegsliteratur berichten, von ihrer unbeholfenen Direktheit und kargen Enge. Vor zweihundert (von neunhundertfünfzig Millionen) Chinesen sagte ich dann in Peking: »1945 war Deutschland nicht nur militärisch besiegt. Nicht nur die Städte und Industrieanlagen waren zerstört. Größerer Schaden lag vor: die Ideologie des Nationalsozialismus hatte die deutsche Sprache um ihren Sinn betrogen, hatte sie korrumpiert und in weiten Wortfeldern verwüstet. In dieser verletzten Sprache, alle Beschädigungen mitschleppend, begannen die Schriftsteller mehr zu stammeln als zu schreiben. Gemessen wurde ihre Hilflosigkeit an Thomas Mann, Brecht, an den Riesen der Emigrationsliteratur; gegen deren schon klassische Größe konnte nur Stottern als Form bestehen.«

Da sagte einer von den wenigen Chinesen, die sich hatten versammeln dürfen: »So geht es uns heute. Um zehn Jahre hat uns die Viererbande« (er meinte: die Kulturrevolution) »betrogen. Nichts wissen wir. Dumm stehen wir da. Alles, sogar unsere Klassiker waren verboten. Und auch die Sprache haben sie verkrüppelt. Nun beginnen einige Schriftsteller vorsichtig, oder wie Sie sagen, stammelnd, zu erzählen, was wirklich ist. Sie schreiben, was auch verboten war: über Liebe und so. Natürlich ohne die gewisse Körperlichkeit. Da sind wir noch immer ein bißchen streng. Sie wissen ja, bei uns darf man erst spät heiraten. Natürlich gibt es Gründe dafür: das Bevölkerungsproblem. Wir sind ein bißchen viele geworden, nicht wahr. Und Verhütungsmittel bekommen nur Ehepaare. Niemand hat bisher die Not der jungen Leute beschrieben. Sie haben keinen Platz für sich. Sie dürfen sich nicht haben.«

Der das in seinem blauen Zeug sagte, mochte Anfang Dreißig sein. Sein Deutsch hatte er trotz und während der Kulturrevolution aus Lehrbüchern gelernt, die er mit ideologisch üblichen Schutzumschlägen tarnen mußte. Nach dem Fall der »Viererbande« durfte er für ein Jahr nach Heidelberg, wo er seine Kenntnisse auf bundesdeutschen Stand brachte. »Wir, unsere Generation«, sagte er, »ist echt verblödet worden.« Heute ist er Lehrer, der sich weiterbilden will. »Wir lernen jetzt ziemlich viel. Achtunddreißig Unterrichtsstunden die Woche . . . «

Mein Lehrerehepaar – diese Kopfgeburt! – kommt aus Itzehoe, einer Kreisstadt in Holstein, zwischen Marsch und Geest gelegen, mit rückläufiger Einwohnerzahl und wachsenden Sanierungsschäden. Er ist Mitte, sie

Anfang Dreißig. Geboren wurde er in Hademarschen, wo immer noch seine Mutter lebt, sie in der Kremper Marsch, wo ihre Eltern, nach Verkauf des Hofes, ihren Altenteil in Krempe bezogen haben. Beide sind anhaltend sich selbst reflektierende Veteranen des Studentenprotestes. In Kiel haben sie sich kennengelernt: bei einem Sit-in gegen den Vietnamkrieg oder gegen den Springer-Konzern oder gegen beides. Ich sage vorläufig Kiel. Es hätte auch Hamburg, womöglich Berlin sein können. Vor zehn Jahren wollten sie mit vielen Wörtern »kaputtmachen, was uns kaputtmacht«. Gewalt erlaubten sie sich allenfalls gegen Sachen. Ihre Kulturrevolution ging schneller zu Ende. Deshalb haben sie ihr pädagogisches Studium mit kaum nennenswerter Verzögerung abschließen und nach nur kurzem Hinundher – Partnerwechsel in Wohngemeinschaften – heiraten können: zwar ohne Kirche, doch mit Familie.

Das war vor sieben Jahren. Seit fünf und vier Jahren sind beide beamtet im Staatsdienst. Zwei Referendare, dann Assessoren, jetzt Studienräte. Zwei, die sich ziemlich gleichmäßig liebhaben. Ein Paar zum Vorzeigen. Ein Paar zum Verwechseln schön. Ein Paar aus dem gegenwärtigen Bilderbuch. Sie halten sich eine Katze und haben noch immer kein Kind.

Nicht, weil es nicht geht oder klappt, sondern weil er, wenn sie »nun endlich doch« ein Kind will, »noch nicht« sagt, sie hingegen, wenn er sich ein Kind wünscht – »Ich kann mir das vorstellen, theoretisch« –, wie aufs Stichwort dagegenhält: »Ich nicht. Oder nicht mehr. Man muß das versachlichen, wenn man verantwortlich handeln will. In was für eine Zukunft willst du das Kind laufen lassen? Da ist doch keine Perspektive drin. Außerdem gibt es genug davon, zu viele Kinder. In Indien, Mexiko, Ägypten, in China. Guck dir mal die Statistiken an.«

Beide unterrichten Fremdsprachen – er Englisch, sie Französisch – in der Kaiser-Karl-Schule, kurz KKS genannt, und im Nebenfach Geografie. Die Kaiser-Karl-Schule heißt so, weil Karl der Große im neunten Jahrhundert eine Strafexpedition nach Holstein geschickt hat, die sich etwa da einmauerte, wo heute Itzehoe auseinandergeht. Und weil die beiden besonders gerne Geografie unterrichten, wissen sie auch über Bevölkerungswachstum Bescheid, nicht nur über Flüsse, Gebirge, Bodenbeschaffenheit und Erzvorkommen. Er spricht mit Marx vom kapitalistischen Gesetz der Akkumulation durch Überzähligmachung, sie pocht auf Daten, Kurven, Hochrechnungen: »Hier, der Zuwachs in Südamerika. Überall drei Prozent. In Mexiko sogar fünf. Die fressen das bißchen Fortschritt auf. Und der Papst, dieser Blödmann, verbietet noch immer die Pille.«

Sie nimmt sie regelmäßig. Übrigens immer zu Beginn der ersten Unterrichtsstunde. Eine Schrulle oder schrullige Demonstration ihres rationalisierten Verzichtes. Und so könnten die »Kopfgeburten« als Film anfangen: Totale der Landkarte des indischen Subkontinents. Sie, in Brusthöhe angeschnitten, verdeckt halb den Golf von Bengalen, ganz Kalkutta und Bangladesh, nimmt wie beiläufig die Pille, klappt ein Buch zu (trägt keine Brille) und sagt: »Wir können davon ausgehen, daß im Bundesstaat Indien die Geburtenkontrolle, im Sinne der angestrebten Familienplanung, gescheitert ist.«

Jetzt könnte sie die Bevölkerungszahlen und Überschüsse der Bundesstaaten Bihar, Kerala, Uttar Pradesh abfragen, ohne daß die Klasse ins Bild kommt: die in Zahlen geleierte indische Misere. Der Schulstoff Elend. Die Zukunft.

Deshalb sagte ich zu Volker Schlöndorff, den wir mit Margarethe von Trotta in Djakarta und danach in Kairo trafen: »Wir sollten, wenn wir den Film machen, in Indien drehen oder auf Java oder – nachdem ich jetzt dagewesen bin – in China, falls wir da Dreherlaubnis bekommen.«

Denn unser Lehrerehepaar soll eine Reise machen, wie Ute und ich, Volker und Margarethe unsere Reisen machen. Und wie wir soll es fremd dazwischenstehen und schwitzend die Wirklichkeit mit der Statistik vergleichen. Der Luftsprung von Itzehoe nach Bombay. Die Zeitverschiebung. Das Angelesene im Handgepäck. Ihr Vorwissen. Ihre Schutzimpfungen. Der neue Hochmut: Wir kommen, um zu lernen …

Dabei riechen sie vordringlich nach Angst. Es könnte beide (wie uns in Shanghai) mitten in Bombay, wo es wimmelt, die Spekulation anfallen: es habe die Welt, anstelle der Inder, mit siebenhundert Millionen Deutschen zu rechnen. Doch diese Zwischengröße paßt nicht zu uns. Sie ist, nach deutschem Maß, nicht spekulativ genug. Wir sterben entweder aus, oder wir werden eine Milliarde zählen. Entweder oder.

Die Schlöndorffs und wir reisen beruflich mit »Goethe«. Trotz dichten Programms ist das einfacher. Sie zeigen ihre Filme, ich lese aus meinen Büchern. Unser Lehrerehepaar will sich in den Ferien informieren, deshalb bucht es bei einem Unternehmen, das laut Prospekt »wirklichkeitsorientierte« Reisen verspricht. Wie es bei »Goethe« läuft, weiß ich; die Reisegesellschaft (und ihr »knallhartes« Programm) muß mir noch einfallen. Wir sind auf die Leiter der Goethe-Institute angewiesen; unser Lehrerehepaar wird einem angestellten Reisebegleiter folgen, der immer Bescheid weiß: wo man Ganesh-Figürchen oder javanische Marionetten kaufen kann, daß seitliches Kopfwiegen in Indien Bejahung bedeutet, was man essen soll, was nicht, wieviel Trinkgeld bei Rikschafahrten fällig ist und ob man, wenn sie zu zweit, natürlich in Begleitung eines zu honorierenden Einheimischen, diesen oder jenen Slum besichtigen, auch die Slumbewohner fotografieren darf.

Kein Wort über die Leiter der Goethe-Institute und ihre privaten Verstörungen. Von unserem angestellten Reiseleiter, der für den Film, den wir drehen wollen, Hinduistik studiert hat, läßt sich sagen: er könnte ein vergreistes Babygesicht zeigen. Sein wäßriger Blick beweist Übersicht. Eine Art lieber Gott mit Nickelbrille. Zu allem hat er zwei Meinungen.

Wie wir. Einerseits ist der Bau von Atomkraftwerken ein nicht einzuschätzendes Risiko; andererseits können nur die neuen Technologien den uns gewohnten Wohlstand sichern. Einerseits gibt die manuelle Bodenbearbeitung achthundert Millionen chinesischer Bauern Arbeit und Nahrung; andererseits kann nur eine technisierte Landwirtschaft die Hektarerträge steigern, wodurch einer- wie andererseits über die Hälfte der Bauern arbeitslos oder für andere Aufgaben – man weiß noch nicht, welche – freigestellt werden würde. Einerseits sollte man die Slums in Bangkok, Bombay, Manila und Kairo sanieren; andererseits locken sanierte Slums immer mehr Landflüchtige in die Städte. Einerseits andererseits.

Und auch unser Lehrerpaar aus Itzehoe – das liegt bei Brokdorf – ist politisch, privat und überhaupt auf das mitteleuropäische Gesellschaftsspiel »Einerseits-andererseits« abgestimmt. Sie macht bei der FDP mit; er versorgt die umliegenden Ortsvereine der SPD mit Vorträgen zum Thema »Dritte Welt«. Beide sagen: »Einerseits haben die Grünen recht, doch andererseits bringen sie Strauß an die Macht.«

Das und noch mehr ist kaum auszuhalten im Kopf. Er vermißt Perspektiven, sie eine Sinngebung allgemein. Ihre Launen, sein nachmittägliches Durchhängen. Sie wirft ihrem Vater vor, daß er den Hof »der Eierindustrie verscherbelt hat«; er will eigentlich seine Mutter, die in Hademarschen nur noch für sich sorgt, in den Lehrerhaushalt aufnehmen, sucht aber dennoch, nach seinen Worten »vernünftigerweise«, ein gut geführtes Altersheim. Sie, die prinzipiell auf Mutterschaft fixiert ist, sieht sich, seitdem der indische Subkontinent ihren Geografieunterricht belastet, wieder einmal dem Verzicht auf das Kind verpflichtet. Er, dem die Schulkinder genug und zum Wochenende mehr als genug sind, meint neuerdings: »Also groß genug für drei ist unsere Altbauwohnung mit Gartenauslauf allemal, selbst wenn Mutter hierherzieht.«

Sie machen es sich nicht leicht. Das Kind bleibt Thema. Ob sie in Itzehoes Holstein-Center einkaufen oder sich auf den Elbdeich bei Brokdorf stellen, ob auf der Doppelmatratze oder bei der Suche nach einem neuen Gebrauchtwagen: immer spricht das Kind mit, schielt nach Babysächelchen, will über den Elbstrand krabbeln, wünscht sich beim Eisprung den belebenden Guß und fordert Autotüren mit Kindersicherung. Doch es bleibt beim Alsob und Angenommenwenn, wobei Harms Mutter (als Ersatzkind) mal in die Lehrerwohnung aufgenommen, dann wieder in ein Altersheim abgeschoben wird, bis ein vormittäglicher Schock die eingespurten Wechselreden entgleisen läßt.

Als die Studienrätin Dörte Peters ihrer 10 a während der Geografiestunde die Familienplanung von der Verhütungsaufklärung bis zur freiwilligen Sterilisierung als Programm gegen die Überbevölkerung diktiert, springt eine Schülerin (blond wie Dörte Peters) auf und wird schön durch Protest: »Und was ist bei uns? Kein Zuwachs mehr. Immer weniger Deutsche. Warum haben sie eigentlich keine Kinder? Warum nicht! In Indien, Mexiko, China nehmen sie zu wie verrückt. Und wir hier, die Deutschen sterben aus!«

Schlöndorff und ich wissen noch nicht, wie sich die Klasse zu dieser Anklage verhält. Ist dieser Ausbruch auf das Elternhaus der Schülerin zurückzuführen? Sollte nicht besser ein Schüler, mit Seitenhieb auf die Gastarbeiter, wie enthemmt sein: »In Itzehoe werden fast nur noch Türkenbabys abgenabelt!«? Oder sollten Schülerin und Schüler nacheinander ihre Anwürfe steigern?

Jedenfalls verbreitet die Behauptung »Die Deutschen sterben aus!« (nach kurzem, verschreckt abbrechendem Gelächter der Klasse) jene nicht faßbare, sogar die Gymnasiallehrerin Dörte Peters besetzende Angst, die, mit anderen Ängsten gemischt, den Treibsatz abgeben wird für Sätze, die ins kommende, ins Wahljahr hinein Franz Josef Strauß sprechen oder sprechen lassen wird.

»Noch eine Schwierigkeit«, sagte ich zu Schlöndorff. »Wenn wir achtzig drehen wollen, geht das nur im Juli August. Davor und danach ist Wahlkampf. Ich weiß nicht, was du machen wirst. Aber nur zugucken will ich nicht. Es könnte zu viele Leute geben, die sich ihre kleine Lust am Untergang bestätigen lassen wollen.«

In Pekings Universität und im Fremdspracheninstitut Shanghai wurde nicht nach deutschen Wiedervereinigungsplänen gefragt, in denen die Volksrepublik China eine Rolle zu spielen hätte. Ich weiß auch nicht, ob meine These von der zuletzt verbliebenen Möglichkeit zweier deutscher Staaten einer Kulturnation bei den chinesischen Studenten und ihren Lehrern jenes Interesse fand, das bei uns ausbleibt. Ich sagte: »Unsere Nachbarn in Ost und West werden eine Ballung wirtschaftlicher und militärischer Macht in der Mitte Europas nie wieder dulden nach der Erfahrung zweier Weltkriege, die dort gezündet wurden. Doch könnte die Existenz der beiden deutschen Staaten unter dem Dach eines gemeinsamen Kulturbegriffes unseren Nachbarn verständlich und dem Nationalverständnis der Deutschen angemessen sein.«

Eine Illusion mehr? Literatenträume? Ist meine Behauptung, die ich in Peking und Shanghai, danach anderenorts wie ein närrischer Wanderprediger vortrug – es hätten sich die deutschen Schriftsteller, im Gegensatz zu ihren separatistischen Landesherren, als die besseren Patrioten bewiesen – nur eine Trotzgebärde? Mit Beweisen von Logau und Lessing bis zu Biermann und Böll zur Hand, setzte ich einfältig (womöglich rührend in meiner Einfalt) Kenntnis der deutschen Kultur und ihrer Entwicklung voraus. (Selbst meine beiden Lehrer, die nun Harm und Dörte Peters heißen, winken ab und sind überfordert. »Mann«, sagt Harm, »sowas läuft nur im Dritten Programm.«)

Wer heimkehrt, findet sich vor. Als wir aus Asien heimkehrten, standen neben dem chinesischen Staatsbesuch und der Angst vor dem Aussterben der Deutschen, neben Bahros Umzug von Ost nach West und der allabendlichen Fernsehteilnahme am Völkermord in Kambodscha auch die Nachwehen der Frankfurter Buchmesse auf der Tagesordnung. Während dreißig Jahren, solange der eine deutsche Staat neben dem anderen besteht, war es immer wieder zwingend gewesen, die NS-Vergangenheit etwa des Adenauer-Staatssekretärs Globke, des Bundeskanzlers Kiesinger, des Ministerpräsidenten Filbinger, des derzeitigen Bundespräsidenten Carstens aus Akten zu ziehen, die sich (wie selbsttätig) verlegt hatten; nun war in der Wochenzeitung »Die Zeit« unter der Überschrift »Wir werden weiterdichten, wenn alles in Scherben fällt« ein Aufsatz erschienen, der den Beginn der deutschen Nachkriegsliteratur bis in die Nazizeit vordatierte und das Jahr 1945 als Stunde Null bestritt.

Dieser Aufsatz löste Streit aus, der sich hinzieht. Unbestritten soll die Keuschheit der Nachkriegsliteratur, besonders jener Autoren bleiben, die während der Zeit des Dritten Reiches Deutschland nicht verlassen und ihre Werke in jenem Freigehege veröffentlicht haben, das ihnen die Nazis eingeräumt hatten; weil aber die den Streit auslösenden Thesen mit einigen nur halbgenauen, also ungenauen Hinweisen gespickt waren, die die Nähe einiger Autoren zu NS-Institutionen belegen sollten, wird jetzt das eigentliche Thema nebensächlich verhandelt, doch mit Fleiß die Blöße wahrgenommen, die sich der Autor des umstrittenen Aufsatzes gegeben hat.

Denunziant wird er genannt. Wie ein Feind soll er vernichtet werden. Im kalten Schrott hat er ein heißes Eisen gefunden und angefaßt, öffentlich angefaßt. Zum Abschuß freigegeben, schlägt er nun Haken. Wie lange noch? Die Verletzung eines Tabus wird nach entsprechenden Riten geahndet.

Sobald sich die Deutschen – Täter wie Opfer, Ankläger und Beschuldigte, die Schuldigen und die nachgeborenen Unschuldigen – in ihre Vergangenheit verbeißen, nehmen sie eingefleischte Positionen ein, wollen sie recht behalten, recht bekommen. Blindlings – im Irrtum noch – machen sie deutsche Vergangenheit gegenwärtig, ist wieder die Wunde offen und wird die Zeit, die verstrichene, die glättende Zeit aufgehoben.

Ich nehme mich nicht aus. Als hätte ich mein deutsches Bewältigungsgepäck mit nach Asien, bis hin nach Peking verschleppt, fragte ich meine chinesischen Kollegen (bei Tee und Süßigkeiten), wie man denn mit jenen Schriftstellern verfahre, die sich zwölf Jahre lang der Kulturrevolution, der »Viererbande« verschrieben hatten. In landesüblich umschreibender Weise antwortete man mir: Während der schlimmen Jahre sei Literatur verboten gewesen. Eisiger Wind habe nichts blühen lassen, nur einem einzigen Autor sei es, als Günstling der Viererbande, erlaubt gewesen, mit acht Stücken das vorher leergefegte Programm der Peking-Oper zu füllen. Ja, der dürfe sich noch immer Mitglied des Schriftstellerverbandes nennen. Er werde Mitglied bleiben und habe mittlerweile ein neuntes Stück geschrieben. Das sei dramaturgisch wirkungsvoll wie die anderen. Ein großes Talent. Man diskutiere mit ihm.

Wir hätten in beiden deutschen Staaten den Ausschluß aus dem jeweiligen Schriftstellerverband gefordert. (Man wolle nicht, wurde mir in Peking höflich versichert, die Fehler der Viererbande wiederholen.) Welche und wessen Fehler wiederholen wir?

Mein Lehrerehepaar aus Itzehoe an der Stör wurde nach dem Krieg, er fünfundvierzig, sie achtundvierzig geboren. Sein Vater fiel kurz vor Schluß in der Ardennenschlacht. Ihr Vater kam Anfang siebenundvierzig aus sowjetischer Kriegsgefangenschaft zurück: ein frühgealterter Jungbauer. Da Harm und Dörte den Faschismus nicht kennen, sind beide schneller mit dem

Wort zur Hand, als sie sich wechselseitig erlauben wollen. Das Wort ist so griffig. Immer paßt es ein bißchen. Mundgerecht zischt es wie der Name des Kandidaten.

»Nein«, sagt Harm. »Er ist kein Faschist.«

»Unbewußt doch«, sagt Dörte, »sonst würde er nicht so rasch, wenn er auf Widerspruch stößt, mit dem Schlagwort ›Faschisten! Ihr roten Faschisten!‹ zuhauen.« Sie einigen sich auf das Wort »latent«.

Bald wollen sie ihre Koffer packen. Leichte Sommersachen, Baumwolle, tropengerecht. Noch fehlen die letzten Impfungen. Harms Mutter und Dörtes Eltern müssen zum Abschied besucht, die Katze muß noch versorgt werden. Denn Harm und Dörte wollen, weil beide nicht mit sich und ihrem wechselseitig bejahten verneinten Wunsch nach einem Kind zurechtkommen und weil die Sommerferien sogar für Lehrer lang genug sind, eine Reise nach Indien, Thailand, Indonesien machen – oder nach China, falls Schlöndorff und ich dort Dreherlaubnis bekommen.

2

Der Streit geht weiter. Ich mische mich in den Streit. Das geht mich an. Es sind mir wichtige Namen genannt worden: Eich und Huchel, Koeppen und Kästner. Ich weiß nicht, was die Genannten bestimmt hat, so zu überleben. Ich kann ihr Verhalten während der Nazizeit (weiterdichten und publizieren) nicht wägen, doch nehme ich an, daß jeder für sich (und Eich und Huchel im Streit miteinander) sein Verhalten am Schicksal jener Schriftsteller gemessen hat, die Deutschland verlassen mußten, die in den Selbstmord getrieben wurden, die man erschlagen hat. Oder sie haben sich später an Autoren messen müssen, die gleichfalls geblieben waren und überlebten, doch ohne das von den Nazis schlau eingeräumte Gehege zu nutzen.

Ich will nicht urteilen. Ein fragwürdiger Glücksfall, mein Jahrgang, 1927, verbietet mir den Stab brechende Worte. Ich war zu jung, um ernsthaft geprüft werden zu können. Und doch hängt es mir an: Als Dreizehnjähriger habe ich mich an einem Erzählwettbewerb der Hitlerjugend-Zeitschrift »Hilf mit!« beteiligt. Ich schrieb schon früh und war auf Anerkennung versessen. Doch weil ich, offenbar die Adresse fehleinschätzend, etwas Melodramatisches über die Kaschuben geschrieben und als Fragment eingeschickt hatte, war mir das Glück sicher, keinen Hitlerjugend-, keinen »Hilf mit!«-Preis zu bekommen.

Also bin ich fein raus. Also belastet mich nichts. Keine Fakten sind greifbar. Nur meine Vorstellung, die nicht Ruhe gibt, schafft welche herbei: Ich könnte mich rückdatieren. Ich lasse meine Biografie zehn Jahre früher beginnen. Was sind schon zehn Jahre! Ein Daumensprung. Meine Vorstellung schafft das.

Ich, Jahrgang 1917. 1933 wäre ich sechzehn und nicht sechs Jahre alt, bei Kriegsbeginn zweiundzwanzig und nicht zwölf Jahre alt gewesen. Da sogleich wehrpflichtig, hätte ich, wie die meisten meines Jahrgangs, kaum den Krieg überlebt. Doch trotz dieser Wahrscheinlichkeit spricht nichts (oder nur Gewünschtes) gegen meine zielstrebige Entwicklung zum überzeugten Nationalsozialisten. Aus kleinbürgerlicher, die halbkaschubische Herkunft verdrängender Familie, deutsch-idealistisch erzogen und auf das Prinzip der Reinheit vergattert, hätte ich mich für großräumige Ziele begeistern und mir (im Namen der Volksgemeinschaft) subjektives Unrecht als objektives Recht erklären lassen. (Die Danziger SS-Heimwehr hätte, obgleich oder weil mein Onkel Franz bei der Polnischen Post Dienst tat, im Spätsommer 39 mit mir rechnen können, schriftlich bestimmt.)

Dank meiner Mitgift, dem rigorosen Schreibtalent, wäre mir zu den Ereignissen der Bewegung (Machtergreifung, Erntedankfest, Führers Geburtstag) und später zum Kriegsverlauf Gereimtes und Hymnisches eingefallen, zumal die Poetik der Hitlerjugend (siehe Anacker, Schirach, Baumann, Menzel) spätexpressionistische Wortballungen und gestische Metaphern erlaubte. Meine Texte zu Morgenfeiern sind vorstellbar.

Oder es hätte mich – angeregt von feinsinnigen Deutschlehrern – naturbeflissene Innerlichkeit lammfromm gemacht und auf Carossas oder, noch stiller, auf Wilhelm Lehmanns Spuren geleitet: Sommerglanz, Herbstes Fülle, immer fleißig den Jahreszeiten hinterdrein. In beiden Fällen hätte ich, wie ich mich einschätzen muß, vom Atlantikwall, vom Oslofjord aus, von mythenbewohnter kretischer Küste oder (meiner hafenstädtischen Herkunft kriegsfreiwillig entsprechend) als U-Boot-Fahrer einen Verleger gesucht und gefunden.

Wahrscheinlich wäre mir ab Stalingrad – jetzt sechsundzwanzig Jahre alt – ein trostloses Lichtlein aufgegangen: dem Oberleutnant oder dem Gefreiten. Verwickelt in Partisanenerschießungen, Vergeltungsschläge und Säuberungsaktionen, als Augenzeuge unübersehbarer Judendeportationen hätte ich meiner spätexpressionistischen Reimkunst oder der Beschwörung der Schachtelhalme neue Töne – ortlose Trauer, verzweifelte Wortwahl, Dunkles, Vieldeutiges – beigemengt. Wahrscheinlich wären mir zum Rückzug (im Vergleich zu meiner Schreibphase während der Zeit der raumfressenden Siege) sogenannte »allzeit gültige Verse« gelungen.

Und in dieser Stillage, die vierundvierzig noch meinem Verleger und der Zensur genehm gewesen wäre, hätte ich (Überleben vorausgesetzt) zwanglos die bedingungslose Kapitulation, die angebliche Stunde Null, womöglich auch ein zwei Jahre Gefangenschaft überbrücken und mich der neuen, kargen und kaloriearmen, der pazifistischen bis antifaschistischen Inhalte annehmen können; wie es geschehen ist laut hundert und mehr Biografien.

Ein einziger, soweit ich weiß, Wolfgang Weyrauch, hat sich zu solch einer Biografie bekannt. Ich trage meine Kopfgeburt nach: ja, es stimmt. Kein Zusammenbruch fand statt. Keine Stunde Null schlug uns. Trüb fließend waren die Übergänge. Das große Entsetzen über das Ausmaß der geduldeten, direkt oder indirekt geförderten, in jedem Fall mitzuverantwortenden Verbrechen kam erst später, mehrere Jahre nach der angeblichen Stunde Null, als es schon wieder aufwärtsging. Dieses Entsetzen wird bleiben.

Deshalb mische ich mich in den Streit. Wir sind schon wieder so ausgewogen. Demokratisch gewitzt tricksen wir unsere Bedenken aus. Allzu viel ist uns verständlich. Der brutale Wille zur Macht wird »vital« genannt. Der Sprache des Vitalen, die jeder Verleumdung mächtig ist, werden Ausbrüche nachgesehen. Es heißt: Das ist sein bayrisches Temperament. Liberal nennen wir unser feiges Wegducken. Schon sind die Redaktionsstuben der Rundfunkhäuser für die innere Emigration möbliert. Man muß nur eine Reise machen und heimkehren: das alte, das immer neue Entsetzen findet sich vor.

Auf unsere Asienreise nahm ich, außer dem Vortrag über »Die deutschen Literaturen« und meinem Roman »Der Butt«, drei Blatt Stichwörter zum Thema »Kopfgeburten« mit. Aus dem Butt habe ich auf allen Stationen der Reise einfache Kapitel vorgelesen: Wie Amanda Woyke in Preußen die Kartoffel einführt. Ein Märchen aus dem achtzehnten Jahrhundert, das in Asien von heute ist: etwa in Regionen, in denen der ausschließliche Reisanbau durch unbekannte Aussaaten (Mais, Sojabohnen) ergänzt werden soll, was am beharrlichen Nein der Bauern scheitert, bis eine chinesische oder javanische Amanda Woyke...

Die Notizzettel für die Kopfgeburten habe ich nur beim Hinflug gelesen und mit Zusätzen gespickt. Erst jetzt, zurück und schon wieder den deutschen Verengungen eingefügt, fallen die Zettel aus der Mappe: Unser Lehrerpaar aus Itzehoe, Dörte und Harm Peters, hat meine Ausflüchte und Gegenvorhaben überlebt. Es bereitet sich immer noch auf die Reise vor.

Sie will konzentriert nur Indien erleben: »Wir verzetteln uns sonst und kriegen nichts richtig mit.«

Er will unbedingt einen alten Schulfreund auf Bali besuchen: »Interessiert mich schon, wie der sich da vorkommt. Und entspannen müssen wir auch mal. Soll außerdem schön sein, da unten. Ziemlich unverdorben.«

Sie macht ihre Klasse erst am letzten Schultag, nachdem sie die Zeugnisse (zwei Sitzenbleiber) ausgeteilt hat, mit ihren Plänen bekannt: »Übrigens denke ich an eine Studienreise, unter anderem nach Indien. Vielleicht gelingt es mir im Herbst, euch die Probleme der Überbevölkerung anschaulicher, ich meine, aus eigener Anschauung darzustellen.«

Er will von seiner Klasse wissen: »Wir haben kürzlich Indonesien durchgenommen. Meine Frau und ich werden während der Sommerferien Java und Bali besuchen. Worauf soll ich besonders achten? Habt ihr Fragen?«

Worauf einer der Schüler sagt: »Was kosten da Mofas, japanische?«

Und später, in Djakarta, erfragt Harm Peters bei einem chinesischen Händler den Preis einer Kawasaki in Rupien, damit er gegen Ende des Films die Frage des Schülers, den sonst nichts interessiert, (pädagogisch vermittelnd) beantworten kann: Die kostet da soundsoviel, in Demark umgerechnet soundsoviel, das macht für einen indonesischen Arbeiter, der nur soundsoviel verdient, mehr als fünf Monatslöhne aus, während ein westdeutscher Arbeitnehmer...

In einer anderen Szene hält das SPD-Mitglied Harm Peters einen Vortrag. Nach Behandlung kommunalpolitischer Tagesordnungspunkte spricht er (womöglich zu Dia-Einblendungen) über Slumprobleme asiatischer Großstädte, wobei er, mit Hinweis auf seine bevorstehende Asienreise, eine Fortsetzung des Vortrages, »die Vertiefung der Problematik« ankündigt. Doch sobald Harm Peters die Genossen zur Diskussion auffordert, meldet sich ein IG-Metaller am Thema vorbei: »Ich will noch mal kurz auf Punkt drei der Tagesordnung zurückkommen: Kriegen wir nun die Ampelanlage vor der Realschule oder was ist?«

Peters wird, weil er auf einer sachbezogenen Diskussion seines Vortrages besteht – »Genossen, es geht hier schließlich um die Probleme der Dritten Welt!« –, allseits abgeschmettert: »Jadoch, ja. Aber uns geht es um die Gefährdung der Schulpflichtigen auf dem Schulweg. Das ist auch wichtig. Das verstehst du nicht, Harm. Du hast keine Kinder!«

Hier müßte der Film aufs Stichwort reagieren: Dörte hat im Vorjahr, als sie (wie immer noch) einerseits ein Kind haben wollte, doch andererseits nicht bereit war, ein Kind, »mein Kind in diese zunehmend von Kernenergie verseuchte Welt zu setzen«, im zweiten Monat abtreiben lassen. Auch Harm war für die Abtreibung: »Erst wenn du innerlich voll zu dem Kind stehen kannst und wenn wir die Landtagswahlen hinter uns haben, erst dann...«

Das und das übrige Elend der Welt diskutieren die beiden auf dem Elbdeich zwischen Hollerwettern und Brokdorf. Erhöht stehen sie dem ummauerten, verzäunten, mit Spanischen Reitern, Wachtürmen und ähnlichen DDR-Anleihen geschützten Baugelände gegenüber, das langsam zuwächst und annähernd idyllisch wird, seitdem durch Gerichtsbeschluß ein Baustopp für das Atomkraftwerk Brokdorf erlassen wurde. Demnächst, beim Termin in Schleswig, könnte er durch einen gegensätzlich lautenden Gerichtsbeschluß wieder aufgehoben werden.

Harm sagt: »Das sind doch Ausreden, billige Ausreden! Mal ist es die Bevölkerungsexplosion in der Dritten Welt, mal ne bevorstehende Landtagswahl, mal meine Mutter, die überhaupt nicht vorhat, zu uns zu ziehen, und notfalls hindert uns die Planung oder Genehmigung weiterer Kernkraftwerke, hier oder sonstwo, ein Kind, unser Kind in die Welt zu setzen.«

Aber Dörte hat nun mal diese wechselnden Zukunftsängste: »Wenn wir schon ohne Perspektive sind, wie soll denn das Kind, frag ich dich, unser Kind...«

Harm wird zynisch: »Schnelle Brüter verhindern Schwangerschaft! Könnte als Aufmacher in der Bild-

Zeitung stehen. Und wer sorgt später für unsere Renten? Wo wir doch, nach dem Schweine- und Butterberg, einen Rentnerberg kriegen ...«

»Aber ich will nicht!« schreit sie.

»Weil dir das nicht in den Kram paßt!« schreit er.

Vielleicht lacht Dörte jetzt, wie gegen ihren Willen, doch gibt sie zu: »Na schön. Natürlich spielt auch Bequemlichkeit eine Rolle. Aber nicht nur bei mir. Auch dein Konzept sieht kein Kind vor. Auch deine Unabhängigkeit, Reiselust, was weiß ich, könnte durch ein Kind, ich meine, wenn es mal da ist ...«

Wie ein Pfarrer am Bußtag steht Harm auf dem Deich. Er predigt mehr den Kühen, den Schafen in der Marsch und den Großtankern auf der Elbe als seiner Dörte: »Wahrlich, ich sage dir! Und dein heiliges Recht auf Selbstverwirklichung ist in Gefahr. Könnten wir denn, liebste Dörte, mit Kleinkind am Hals unsere schönausgedachte Asienreise machen? Müssen wir uns nicht fragen, ob unser Programm, das nicht nur die üblichen Sehenswürdigkeiten verspricht, sondern auch, ich zitiere: ›die oft grausamen Wirklichkeiten des asiatischen Großraumes‹ zu bieten hat, eine Reise mit solch süßem Balg als Handgepäck erlaubt? Will Dörte Peters ihr Baby etwa nach Indien mitschleppen, wo es schon so viele, viel zu viele Babys gibt? Und gegen was sollen wir das Söhnchen, wenn es eins wird, impfen lassen? Gegen die Pocken, Cholera, gegen Gelbfieber? Soll es, wie wir, drei Wochen vor der Abreise gegen Malaria Tabletten schlucken oder in die keimfreie Dosennahrung gerührt bekommen? Und müßten wir dann nicht den ganzen Wegschmeißkram, fünfzig Dosen mit Vakuumverschluß, Päckchen, Tüten, Windeln, einen Sterilisator, die Babywaage, was noch alles im Gepäck haben, damit unser Söhnchen ...«

Jetzt lacht Dörte wirklich und ein wenig zu laut. Und so spontan kann sie anderer Meinung sein: »Aber ich will ein Kind, will ein Kind! Schwanger, dick, rund und kuhäugig will ich werden. Und Muh sagen. Hörst du! Muh sagen. Und diesmal, mein bester Harm und Vater meines gewollten Kindes, ist nicht nach zwei Monaten Schluß. Ehrlich. Sobald wir fliegen, hörst du, sobald wir das hier, ja, euch Heinis da drüben in eurem Atom-KZ, unter uns, hinter uns haben, setz ich die Pille ab!«

So etwa lauten Regieanweisungen: beide lachen. Aber weil die Kamera draufhält, lachen sie nicht nur. Sie greifen nacheinander, kriegen, balgen sich, pellen sich die Jeans runter, »vögeln sich«, wie Harm sagt, »bumsen sich«, wie Dörte sagt, auf dem Deich zwischen Kühen und Schafen, frei unter freiem Himmel. Nur einige mit Ferngläsern und Hunden bewaffnete Wachmänner der noch immer zukünftigen Baustelle des Atomkraftwerkes Brokdorf mögen die beiden im Auge haben. Dann noch zwei Düsenjäger im Tiefflug. (»Scheiß-Nato!« stöhnt Dörte.) Weitab bei Flut der Schiffsverkehr auf der Elbe. Sommerwolken.

Dazu sagt eine Notiz auf meinen nach Asien verschleppten, von dort heimgeführten Zetteln: »Kurz vor der Landung in Bombay oder Bangkok – das Frühstück wird schon abgeräumt – nimmt Dörte die Pille, was Harm, der nur scheinbar schläft, sieht und wie ein Fatalist akzeptiert.«

Das geht zu schnell. Bevor ich die beiden abfliegen lasse, will ich noch ein Weilchen unsicher sein. Es fehlt am Programm. Es gibt so viele, zu viele Reiseprospekte. Keiner taugt für die Kopfgeburten. Dem Titel treu, muß ich mir einen Prospekt ausdenken. Einen zukünftigen. Denn das wird morgen schon möglich sein: Tourismus mit Slumprogramm. Müde der üblichen Sehenswürdigkeiten, wollen wir endlich sehen, was keine Postkarte weiß, woran die Welt krankt, wohin unsere Steuergelder gehen, wie man so lebt im Slum: offenbar fröhlich, wie die Prospektfotos zeigen, in all dem Elend.

Harm und Dörte finden das Angebot einer Reisegesellschaft, die sich Sisyphos nennt, »ziemlich brutal«. (Warum Sisyphos? Das will ich mich später fragen.)

Sie sagt, »Mann, sind die zynisch.«

Er sagt, »aber ehrlich.«

Der im Prospekt werbende Text sucht die Marktlücke. »Wer den Stein wälzen will, wer die Kraft hat, zu sehen und zu begreifen, was uns tief innen beunruhigt, wem es um Tatsachen, auch um harte Tatsachen geht ...« steht dort in sachlicher Maschinenschrift vor knapp gehaltenen Informationen, die über die Säuglingssterblichkeit in Südostasien, über Bevölkerungsdichte und Pro-Kopf-Einkommen auf Java Bericht geben. »Sisyphos« hat für seine Reisenden den örtlich jeweils vorherrschenden Proteinmangel errechnet und daneben (statistisch anklagend) die Preissteigerungen für Sojabohnen an der Chicagoer Börse notiert.

»Klar doch«, sagt Harm, »die haben begriffen, daß Leute wie wir ein Alternativprogramm suchen. Wir wollen ran an die Wirklichkeit und uns nicht wie Herdenvieh durch Tempelanlagen treiben lassen. Steht hier schwarz auf weiß: ›Asien ungeschminkt erleben‹.«

Nachdem sich Dörte zuerst ein wenig entrüstet hat, »weil die auch nur dickes Geld machen wollen«, findet sie das angebotene Reiseprogramm ausgewogen: »Immerhin kommt der kulturelle Aspekt nicht zu kurz. Und richtige Ferien sind zwischendurch auch drin.«

Ich nehme mich von so gemischten Bedürfnissen nicht aus. So etwa reisten Ute und ich, wenn auch ohne Prospekt. Wir besuchten am Morgen den einen, den anderen Slum, ruhten mittags im klimatisierten Hotel, besichtigten am späten Nachmittag buddhistische Tempelanlagen, hörten uns am Abend (nach meinem obligaten Vortrag) bei Drinks und Häppchen den Bericht einiger Experten über eine zweihundert Meilen entfernte Hungerregion an, die wir am folgenden Tag aufsuchten: aus mitgebrachter Distanz beteiligt, bescheiden überlegen, aufmerksam, angestrengt frei von Ekel. Mein statistisches Wissen hatte ich während der Anreise abgelegt und mich zum Schwamm erklärt, der aufnimmt. Ich stellte nur selten Fragen, hörte, sah, roch und machte keine Notizen. Auch Fotos, die nebenher und wie zufällig entstanden, kamen später nicht in Betracht. Ich schämte mich, schamlos zu sein. Jetzt will ich Harm und Dörte auf unsere Reise schicken, aber sie widersprechen mir. Sie wollen ihr Vorwissen nicht ablegen. Sie nennen das Ganze eine Zumutung. Noch haben sie Hemmungen, nach meinem gemischten Programm zu reisen. Sie sind verschämt. Doch da sie nicht übliche Touristen sein wollen und sich, wie beide sagen, »ihrer objektiven Urteilskraft« sicher sind, unterschreiben sie – Dörte vor Harm – das Formular der Reisegesellschaft »Sisyphos« und sind, bevor sie starten, schon auf dem Trip.

Noch weiß ich nicht, wie meine Bedenken und Ausflüchte in einem Film, der alles eindeutig macht, sichtbar werden könnten. Auch wenn die beiden unterschrieben, gebucht und sich für meine Reiseroute entschieden haben, bleibe ich unschlüssig. Ich muß mit Schlöndorff sprechen. Nur Verstörungen und Ortswechsel, welche Handlung sonst hätten Harm und Dörte zu bieten? Außer dem Kind Ja, dem Kind Nein spielt sich zwischen den beiden nichts Aufregendes ab. Allenfalls könnte Harms Wunsch, auf Bali einen Schulfreund namens Uwe Jensen besuchen zu wollen, Handlung einleiten.

Es wohnt nämlich Uwes Schwester, die Monika heißt, in Itzehoe. Sie (und nicht Harms Mutter in Hademarschen) nimmt die Katze in Pflege. Sie kramt die Adresse ihres Bruders aus einem Stoß Briefe. Sie sagt: »Vor zwei Jahren der letzte Schrieb. Steht hier: ›Geht mir blendend. Nur auf was Deftiges hätte ich Appetit...‹« Und Monika Steppuhn – ihr Mann ist Drucker bei Gruner und Jahr – erinnert Harm an die Freßlust seines Schulfreundes: »Mensch, weißt du noch, wie Uwe in Brunsbüttel, ja, nach der Radtour, fünf Portionen Sülze zu Bratkartoffeln einfach so reingespachtelt hat...«

Also kauft Harm in einer Itzehoer Metzgerei ein Kilo hausgemachte, leicht angeräucherte, grobe Leberwurst im Naturdarm, die er, des sie erwartenden Klimas wegen, in Plastikfolie einschweißen läßt. »Ich bin sicher«, sagt er zu Dörte, »daß sich Uwe darüber freuen wird. Gibt es doch nicht da unten. Und ich weiß noch wie heute, wie gerne der Leberwurst fraß.«

Die eingeschweißte Leberwurst wird später im Handgepäck versorgt. Von jenem Schulfreund könnte, außer sportlichen Leistungen (Handball), bekannt werden, daß er zuerst in Singapore, dann in Djakarta als Hoechst- oder Siemensvertreter paar Jahre lang schnelles Geld gemacht hat – »Der war schon immer ein fixer Junge!« sagt seine Schwester – und sich dann auf Bali zur Ruhe gesetzt haben soll.

In einem Korb tragen Harm und Dörte ihre Katze, die grau auf weißen Pfoten geht, zu Steppuhns. Erich, Monikas Mann, hält von seinem vielgereisten Schwager nicht viel: »Unzuverlässig. Und wo der politisch steht, keine Ahnung.«

Harm ist begeistert von seinem Einkauf: »Mann, der wird Augen machen, wenn wir da aufkreuzen und ihm die Wurst servieren. Hoffentlich stimmt die Adresse noch.« (Auch das Ehepaar Steppuhn ist kinderlos; es freut sich über die geliehene Katze.)

Ich gebe zu, daß die Idee mit der Leberwurst (als möglicher Nebenhandlungsträger) biografischer Natur ist. Kurz vor unserem Abflug ließ uns der Botschafter der Bundesrepublik in Peking wissen, daß ihm nach hausgemachter grober Leberwurst zumute sei. Also ließen wir bei unserem Dorfmetzger in Wewelsfleth, dem Jungmeister Köller, zwei angeräucherte, darmpralle

Würste in Folie einschweißen, verstauten die holsteinischen Produkte im Handgepäck und flogen sie in die Volksrepublik China ein. Da der Botschafter Erwin Wickert Anfang 80 pensioniert sein wird und dann aus allen diplomatischen Rücksichten entlassen ist, kann ich so offen reden.

Also ist die Leberwurst keine Kopfgeburt, sondern Tatsache. Und auch die Freude des Chinakenners und Schriftstellers Wickert über die Wurst war unprotokollarisch tatsächlich. Ein straffer Herr, der es verstünde, selbst seine Leidenschaften in Reih und Glied antreten zu lassen. Ein preußisch-konservativer Herr, den ich nach nächtlichem Gespräch über chinesische Denkweise und deutsche Absolutheiten für den kommenden Wahlkampf gewinnen konnte. Natürlich, sagte er, könne man von ihm keine Begeisterung für die Gesamtschule oder für die Mitbestimmung erwarten, aber gerne wolle er die außenpolitischen Träume des Kanzlerkandidaten an dessen China-Wunschbild messen. Dieser Stammtischstratege gehöre nicht ins Kanzleramt.

Vielleicht sollte man einige preußische Tugenden, die auch chinesische Tugenden genannt werden könnten, zum Beispiel die korrekte Pünktlichkeit, wiederbeleben: denn als wir aus Asien heimkehrten, hatte sich der Botschafter Wickert (unter ansehnlichem Briefkopf) schon beim Metzgermeister Köller für die grobe und angeräucherte Leberwurst bedankt; wie auch ich mich für die handlungsträchtige Idee bedanke: denn nun fliegt sie, die Wurst, mit Harm und Dörte Peters in südöstliche Richtung. Erwartet wird die Touristengruppe, zu der die beiden gehören, vom Reiseleiter der Reisegesellschaft »Sisyphos«, einem gewissen Dr. Konrad Wenthien.

Bedarf es dieser Figur, und muß sie so heißen? Wird hier nicht abermals ein kinogerechter Einfall läufig, ohne zum eigentlichen Thema, das Kind Ja das Kind Nein, beitragen zu können? Und ist nicht vorauszusehen, daß sich zwischen diesem Wenthien und unserem Mann auf Bali, dem Schulfreund Uwe – und sei es über die eingeflogene Leberwurst –, ein zufall-, einfallbestimmtes Wechselspiel und schließlich konspirative Handlung ergeben wird?

Ich werde das zu verhindern suchen, obgleich Harm Peters, der wenig liest, aber wenn, dann mit Leidenschaft Kriminalromane verschlingt, einen Hang zu abenteuerlicher Gedankenflucht hat. (Er ahnt schon jetzt, daß die Wurst länger ist, als sie wiegt.) Auch will ich nicht verschweigen, daß Volker Schlöndorff, den ich auf Vicki Baums Roman »Liebe und Tod auf Bali« aufmerksam gemacht habe, mich kürzlich mit Eric Amblers »Waffenschmuggel« beschenkt hat; jetzt gehört dieser zwischen Hongkong, Manila, Singapore und Sumatra handelnde Thriller in englischer Originalfassung, »Passage of Arms«, zu Harm Peters Reisegepäck.

Schon merke ich, daß für den Film zu schreiben verführerisch ist. Es liegt soviel Material rum. Einstellungen ergeben sich aus Einstellungen. Alles verkürzt sich auf »action«. Immer das Bild sprechen lassen. Immer den Schneidetisch mitdenken. Bildsprache. Handlungsverschnitt. Dabei wollte ich doch ganz anderem Gefälle, unserem ersten Gedanken nachgehen, der Ute und mich inmitten Shanghai als Epiphanie überfiel, indem er neunhundertfünfzig Millionen Chinesen zu demnächst einer Milliarde Deutsche mißraten ließ, die nun, weil noch immer geteilt, nach ihrem nationalen Selbstverständnis suchen: nicht etwa auf Fahrrädern, sondern alle motorisiert.

Achtzig Millionen unruhige Deutsche auf eine Milliarde Deutsche in Unruhe gebracht. Darunter entsprechend viele Sachsen und Schwaben. Wenn das kein Zuwachs ist! Das wabert episch. Das gärt. Was macht sie so unruhig? Was suchen sie? Gott? Die absolute Zahl? Den Sinn hinterm Sinn? Eine Versicherung gegen das Nichts?

Sie wollen sich endlich wissen. Sie fragen sich und bedrohlich hilfsbedürftig ihre ängstlichen Nachbarn, die, an deutscher Überzahl gemessen, zu Zwergvölkern geschrumpft sind: Wer sind wir? Wo kommen wir her? Was läßt uns deutsch sein? Und was, zum Teufel, ist das: Deutschland?

Da die Deutschen selbst als Milliardenvolk immer noch gründlich sind, setzen sie mehrere nationale Findungskommissionen ein, die tiefgestaffelt gegeneinander arbeiten. Man stelle sich das vor: diesen Aufwand an Papier, diesen Kompetenzstreit der einzelnen Bundes- und Deutschländer. Schon haben sie, weil nur auf die Organisation ihres Vorhabens versessen, dessen Ziel aus dem Auge verloren.

Meine Stunde. Jetzt melde ich mich zu Wort. Doch mein alter, noch vorepiphanischer Vorschlag, sich über aller Vielfalt dennoch als eine Kulturnation zu begreifen, findet nur in Randzonen Gehör. Meine Thesen werden anfangs nur von den Delegierten der kulturschaffenden Minderheit – zwölfeinhalb Millionen Künstler, darunter vierhundertsiebenundachtzigtausend Schriftsteller – im einzelnen und als Ganzes diskutiert. Was ist Kultur? Was alles ist Kultur? Ist Hygiene Körperkultur? Und wo, genau wo könnte Kultur im Bruttosozialprodukt ihren Stellenwert haben?

Doch schon ist abzusehen, daß sich bald größere Interessenverbände, nicht nur die Kirchen und Gewerkschaften, die private und die vergesellschaftete Industrie, sondern auch die nahezu gleichstarken, etwa achtzehn Millionen Mann zählenden Armeeverbände der beiden deutschen Staaten als Kulturträger, in Eliteeinheiten sogar als Kulturschaffende verstehen. Sie wollen die Nation verkörpern. Ihnen falle die sinngebende Aufgabe zu: Denn wo käme man hin, wenn nur die Künstler, dieses kaum zu organisierende Völkchen, das nationale Sagen hätten. Ich höre rufen: »Diese Freischaffenden! Diese Sozialfälle! Traumtänzer! Mit ihrer ewigen Extratour. Die sollen nur nicht so tun, als hätten sie die Kultur gepachtet. Was heute in unserer so oder so demokratischen Massengesellschaft zählt, sind unsere innerbetrieblichen wie freizeitadäquaten Subkulturen, die subventionierte Basiskultur – verstanden! – und nicht diese elitäre Überbauscheiße.«

Womit meine Idee, die, zugegeben, für nur achtzig Millionen Deutsche geschneidert war, im Eimer ist. Notgedrungen überlasse ich eine Milliarde Deutsche ihrer Unruhe und ihrem beunruhigenden Selbstfindungsprozeß. Teils forsch, teils schwermütig singend, verkrümelt sich die deutsche Masse im Ungefähren.

Immerhin bleiben mir Harm und Dörte. Beide sind übersichtlich. Ihr Problem ist mir als Kopfgeburt sicher. Jetzt, kurz vor der Landung, nimmt sie, wider alle beschworene Absicht: das Kind Ja! – die Pille: das Kind Nein! – Und jetzt landen sie endlich in Bombay mit einem Kilo deutscher Leberwurst im Handgepäck.

Weil aber dem Entschluß, die beiden endlich landen zu lassen, noch immer Bedenken querliegen, die auf Details bestehen und in erster Fassung sprachlos waren, sei hier in dritter Fassung erwogen, die grobe Leberwurst nicht bei irgendeinem Metzger der knapp vierunddreißigtausend Einwohner zählenden Stadt Itzehoe zu kaufen, sondern bei Feinkost-Kruse in der Kirchstraße, Sankt Laurentius gegenüber; von dort ist es nur wenige Schritte zur Buchhandlung Gerbers, in der Harm seine Krimis, Dörte Einschlägiges über »Sanfte Energie« kauft.

In und hinter zwei überreichen Schaufenstern wird Feinkost-Kruse von zwei weißgekittelten Brüdern allzeit gutsortiert gehalten. Das Angebot könnte Harm verführen, außer der groben Leberwurst eine geräucherte Gänsebrust auswiegen zu lassen, aber es bleibt bei der handlungsträchtigen Wurst. Bei Gerbers könnte Dörte, außer nach Taschenbüchern über Indien und Indonesien, nach exotischer Unterhaltungsliteratur fragen und von Herrn Gerbers persönlich auf Vicki Baums »Liebe und Tod auf Bali« aufmerksam gemacht werden; aber es bleibt bei statistischem Material, weil der Roman erst später ins Spiel kommen soll. Und von Itzehoe läßt sich sagen, daß diese Stadt nur uneigentlich an der Stör liegt, denn im Jahr 74 ließen die Stadtväter, nach einem Anfall planerischen Wahnsinns, die Störschleife inmitten der Neustadt zuschütten. Außerdem spricht für Feinkost-Kruse, daß von der Kirchstraße die Feldschmiede als Fußgängerzone abzweigt. Dort sieht man gelegentlich den Genossen Harm Peters mit anderen Genossen (Erich Steppuhn) den »Rotfuchs«, die Zeitung der Itzehoer SPD, verteilen. Und in der Fußgängerzone Feldschmiede, die auf das Holstein-Center zuläuft, sollen während der herbstlichen Wahlkampfphase Diskussionen mit Bürgern stattfinden.

Harm gehört zur Rotfuchs-Redaktion. Dörte kauft bei Gerbers mehr ein, als sie lesen wird. Itzehoe wurde 1238 gegründet. Und das Kilo deutsche Leberwurst im Handgepäck, das bei Feinkost-Kruse gekauft wurde und nun mit Harm und Dörte in Bombay landet, ist wirklich eine Delikatesse.

3

Abermals Einspruch: noch immer kreisen sie über Bombay ohne Landeerlaubnis, weil ich einzurücken vergaß, was auf meinen Notizzetteln steht und vor dem Abflug hätte bedacht werden müssen: die Zukunft.

Da Harm und Dörte Peters erst nach Beginn der Sommerferien reisen, ist die Landtagswahl in Nordrhein-Westfalen schon Anfang Mai zu Resultaten gekommen, die meinem fliegenden Lehrerpaar bekannt sind, die aber ich nicht kenne und kaum schätzen kann; wie mir, während ich schreibe, die Ergebnisse der Landtagswahl in Baden-Württemberg (Mitte März) offen sind. Als Werte hinterm Komma kichern Prozente. Das demokratische Rosenkranzbeten. Das Wenn vor dem Aber. So foppt mich die Zukunft. Wie soll ich im November wissen, ob die Grünen im März über fünf Prozent kommen, im Mai unter drei Prozent bleiben werden? Schaffen sie in NRW mehr, fallen die dort schon immer schwachen Freidemokraten raus; am Ende könnte zugunsten der CDU die absolute Mehrheit der Mandate unterm Strich stehen.

Also müssen die Grünen – bitte nicht bös sein – mit schmalhansigen Argumenten unter drei Prozent gestreichelt werden, damit die Sonthofener Hoffnung auf die Vierte Partei nicht schon im Vorwahlkampf aufgeht. Doch angenommen: die Grünen bleiben bei zwei

Prozent hängen, die F.D.P. hält sich bei fünfkommasechs und bildet in Düsseldorf abermals mit den Sozialdemokraten eine Koalition: wird Strauß dann nicht das Handtuch werfen, irgendwas wie »Man liebt mich nicht« murmeln und nach Alaska auswandern?

O Zukunft! was täten wir ohne ihn? Wer könnte seine Wortwörtlichkeiten ersetzen? Mit wem ließen sich fortan unsere Alpträume bebildern? Wie soll ich meine »Kopfgeburten« ohne ihn weitertreiben? Die Zukunft im Kaffeesatz. Was weiß ich. Was kann ich schon wissen. Ich nehme einfach an: NRW hält sich, Strauß tritt nicht ab, noch ist alles offen, und Harm und Dörte fliegen (und landen endlich) mit der Gewißheit, ihn, den hausgemachten Apokalyptiker, im Spätsommer, wenn sie heimkehren, putzmunter zu finden.

Warum Bombay? Natürlich könnten Harm und Dörte erste Station auch in Thailand machen; Charterflüge nutzen oft Umwege. Sogleich nach der Paßkontrolle könnte der Reiseleiter, Dr. Wenthien, die kleine Gruppe in Empfang nehmen und seinen Satz »Asien ist anders« zum ersten Mal wirken lassen. Da unser Lehrerpaar sich fleißig vorinformiert hat und die »Sisyphos-Kontrastangebote« wahrnehmen will, möchte es nicht nur kunsthistorische Sehenswürdigkeiten (Tempel, Tempel!), Bangkoks pikaresken Diebsmarkt und eine Bootsfahrt auf den Khlongs erleben, sondern auch Khlong Toei, den im Reiseprospekt angezeigten Slum in Hafennähe, besichtigen, was Dr. Wenthien, mit Hinweis auf ein »kleines Zugeld bei einheimischer

Führung«, für möglich hält und des sozialen Wirklichkeitsgehaltes wegen für interessant erklärt: »Aber bitte festes Schuhzeug anziehen!«

Allerdings rät Wenthien davon ab, die im »Sisyphos«-Angebot enthaltene Möglichkeit, in einem echten Slum inmitten einer normalen Slumgroßfamilie zu übernachten, schon jetzt auszuleben: »Nicht wahr, wir sind ja kaum angekommen. Und das Klima macht Ihnen, wie ich sehe, selbst hier auf der schattigen Hotelterrasse zu schaffen.«

Natürlich könnten Harm und Dörte Peters in Bombay erste Station machen. Und erstmals hier zur Stelle, könnte ihnen Dr. Wenthien, der überall ortskundig ist, neben den im Prospekt angeführten Sehenswürdigkeiten (darunter der Tempel der Parsen-Sekte) den gleichfalls von »Sisyphos« angebotenen, am Meer gelegenen Großslum »Cheetah-Camp« empfehlen. Mit drei anderen Reisegruppenmitgliedern besichtigen sie (nach Zahlung des üblichen, wenn auch im Prospekt verschwiegenen Draufgeldes) bei dreiunddreißig Grad im Schatten zwei Stunden lang das weiträumige Elend, nachdem ihnen Dr. Wenthien während der Hinfahrt in einem »Sisyphos«-Kleinbus die Geschichte des Slums, der vor wenigen Jahren noch »Janatha-Colony« geheißen und in Nachbarschaft des indischen Atomforschungszentrums seinen Platz gehabt hatte, in allen Phasen erklärt hat: »Das ging natürlich nicht auf Dauer. Zum Sicherheitsrisiko erklärt, wurde das Slumgebiet kurzerhand von Bulldozern planiert. Ruckzuck wurde den siebzigtausend Slumbewohnern ein während der Monsunzeit oft überflutetes Areal, Cheetah-

Camp, angewiesen. Leider in unmittelbarer Nachbarschaft zum Arsenalgelände der indischen Kriegsmarine, so daß sich abermals die Sicherheitsfrage stellt. Abfall, Ausschuß. Sie sehen, auch Indien hat seine Entsorgungsprobleme.«

Auf Dörtes, wie Harm hinterher fand, naive Frage, ob man denn auf dem freigewordenen Janatha-Gelände inzwischen menschenwürdige Wohnungen gebaut habe, gibt Dr. Wenthien nahezu belustigt Bescheid: »Wo denken Sie hin! Heute befindet sich dort ein Freizeitpark der indischen Atomforschungsbehörde mit Swimming-pool, Golfplatz und Kulturzentrum. Das ist nun mal so. Überall macht sich der Fortschritt breit. Auch hierzulande sind die Eliten nicht frei von Ansprüchen.«

Jedenfalls könnten die beiden in Khlong Toei oder Cheetah-Camp, im einen, im anderen Slum ihren ersten Schock erleben oder den ersten in Bombay und den zweiten (samt gebührenpflichtiger Slumübernachtung) in Bangkok. Wie beim Wettlauf zwischen Hase und Igel ist Dr. Wenthien immer schon da, wo immer sie landen. Sobald die Gruppe nach dem Frühstück das Tagesprogramm mit seiner Hilfe festlegt, spricht er deutsch, als stamme er aus Hannover. Im Großslum Cheetah-Camp übersetzt er ihre Fragen in Hindi und ist, sobald die zumeist kastenlosen, das heißt unberührbaren Slumbewohner antworten, einiger Dialekte und des südindischen Tamil mächtig. So erfahren Dörte und Harm, daß fast alle Kinder verwurmt sind und daß die Slumbewohner ihr Wasser in Kanistern kaufen müssen, da Cheetah-Camp nicht an die städtische Wasserversorgung angeschlossen ist.

Weil Dr. Wenthien auch die Sprache der Thai beherrscht, könnte er die beiden, nachdem sie sich akklimatisiert haben, bei einer Thaifamilie im Slum Khlong Toei als Eintagsgäste einquartieren. Es sind wahre Erlebnisse, die er vermittelt. Sowas vergißt man nicht: den stehenden Gestank der Sumpfkloake über dem aufgepfählten Bretterbudengewirr, die Fliegen, die Ratten, die Enge und die Gastfreundschaft der zwölfköpfig heiteren Familie, deren Nachbarn übrigens, bei Schmälerung ihrer Rationen, ein Baby fett und rund mästen, damit es bei einem Baby-Schönheitswettbewerb, den eine führende Tageszeitung ausgeschrieben hat, preiswürdig wird. Harm darf das Baby mit seiner Superacht filmen. Nach der Zahl ihrer Kinder befragt, versuchen die beiden, ihren Gastgebern in einfachem Englisch und mit Gesten ihr Problem – das Kind Ja, das Kind Nein – zu erklären. Die Kinderreichen verstehen nichts, aber sie staunen.

Und Dörte führt schlaflos Tagebuch. Bei Taschenlampenlicht schreibt sie: »Am meisten schockt mich die Heiterkeit der Elenden. Immer haben sie was zu lachen. Dieser Wenthien ist widerlich, aber versteht sein Geschäft. Natürlich ist das zynisch, was wir machen. Aber unsere Pensionsgebühr – lumpige zehn Demark pro Nase – hilft der Familie einen halben Monat lang über die Runden. Eigentlich müßten alle unsere Konsumdemokraten mal ein zwei Nächte in einem Slum übernachten, um ihren verdammten Überfluß endlich satt zu kriegen ...«

Aber froh sind Harm und Dörte doch, als sie wieder ins klimatisierte Hotel, auf ein richtiges Klo, unter die

Dusche, an den Kühlschrank mit den Drinks dürfen. Weil sie als einzige ihrer Gruppe das »Sisyphos«-Übernachtungsangebot wahrgenommen haben, gratuliert ihnen Dr. Wenthien zu ihrem »wirklichkeitsfreudigen Mut«. Selbstverständlich war man kein Risiko eingegangen. Wenthien hatte die beiden mit keimfreiem Hotelwasser in Flaschen, mit immunisierenden Tabletten, mit Keksen und in Klarsichtfolie verpacktem Obst versorgt. (Vor einigen Jahren noch hat er mittelständische deutsche Herren so ausgerüstet in Bangkoks Bordellen abgeliefert.)

Bei dieser Gelegenheit – kaum aus dem Slum zurück: der Griff in die Kühlbox – sollte gezeigt werden, daß Harm die ausgeflogene, luftdicht eingeschweißte Leberwurst zwischen Exportbier deponiert hat. Und da wir unseren Film im Wahljahr drehen wollen, könnte Dr. Wenthien schon in Bombay oder nach der Slumübernachtung (oder erst zwischen balinesischen Sehenswürdigkeiten) auf seine maliziös verkniffene Art die beiden Holsteiner nach den Wahlchancen des Kanzlerkandidaten fragen: »Wie ich höre, sind Sie politisch aktiv. Wird nun die Bajuwarisierung Deutschlands erste Erfolge zeigen? Sie wissen ja, seit dem Dreißigjährigen Krieg sind einige innerdeutsche Rechnungen noch immer nicht beglichen.«

Oder lassen wir Indien, Thailand, Java und Bali und drehen wir den Film, ganz ohne Dr. Wenthien, unter einheimischer Reiseleitung in der Volksrepublik China, falls wir dort drehen dürfen. Doch das gäbe, bei bleibendem Titel und mal bejahtem, mal verneintem Kind, dennoch einen ganz anderen Film.

Keine Slums in Peking, Shanghai, Kwelin, Kanton. Erst Hongkong zeigt wieder, was der Westen sich leistet: den gottgewollten, allsonntäglich gesegneten Unterschied. Himmellästernden Reichtum neben Armut, die sich in käfigartigen Slums verkriecht. Das marktbeherrschende Recht des Stärkeren. Die Hölle (und ihre Betreiber) auf Erden. Das gegenwärtige Welttheater: verlumpte Komparsen und eine adrette Polizei.

In der Volksrepublik China fehlt dieser Gegensatz, ohne daß alles gleich, gleichförmig ist. Urgroßvaters Devise »Arm, aber sauber!« könnte auf Spruchbändern vorherrschen, gäbe es nicht jene haushohen Schautafeln, auf denen die »Vier Modernisierungen« erschreckend fröhlich Zukunft bebildern: computergläubig, raketengeil, zuwachssüchtig. Sie haben den Großen Sprung, die Hundert Blumen, die Kulturrevolution samt Viererbande hinter sich, wurden zurückgeworfen, holten sich mühsam ein, versetzten Berge, hielten den Hunger klein, liquidierten sich, nahmen dennoch an Zahl zu, werden demnächst eine Milliarde zählen, ohne die Anbauflächen für Reis, Weizen, Hirse, Mais und Sojabohnen entsprechend vergrößern zu können. Sie zeigen sich jetzt dem Westen in ihrem Zustand und wollen – das sagt jeder Chinese höflich zweideutig – vom Westen lernen. Dabei könnten (sollten) wir lernen.

Aber der westliche Hochmut ist (außer an Geschäften) nur am schwankenden Maß der chinesischen Liberalisierung interessiert. Was wir für freiheitlich halten. »Stern«- und »Spiegel«-Reporter zählen Mädchen in Röcken, Dauerwellenköpfe, Lippenstiftspuren und ähnliche Attribute westlicher Liberalität, fotografieren sie ab, vertexten sie und lassen ihre vorgefaßte Meinung zur falschen Information gerinnen. Wäre es nicht genauer und deshalb gerechter, das chinesische Volk und seine Gesellschaftsordnung am Zustand jener Staaten der Dritten Welt zu messen, die sich dem westlichen Liberalismus in Gestalt seines Wirtschaftssystems ausgesetzt haben und deren traurige Rekorde Landflucht und Verslumung, Raubbau und Verkarstung, Unterernährung und Hunger, Luxus und Elend, staatliche Willkür und, alles überragend: Korruption heißen?

Sollte unser Lehrerpaar aus Itzehoe an der Stör (im Film wie in Wirklichkeit) China bereisen, müßte es vorher die indischen Großslums gerochen, den hungernden Nordosten Thailands gesehen, das indonesische Korruptionswesen erahnt und überall dort die zerstörende Kraft und den leistungsfähigen Fluch des westlichen, von Japan gestärkten Wirtschaftssystems erkannt haben: die freien Marktzwänge, den Fortschritt um jeden Preis, die Schweizer Fluchtkonten, den Zuwachs an Elend.

Natürlich würden Dörte und Harm Peters, die auch in China nicht wüßten, ob sie ein Kind in die Welt setzen sollen, in Indien, Thailand und Indonesien allzu schnell ihr Vorwissen mit dem Wort Neo-Kolonialismus bestätigen. (»Da, da!« ruft Harm. »Überall mischen sie mit: Siemens und Unilever...«) Zudem geben der indische Fatalismus, die javanische Sanftmut und das unbekümmerte Lachen der Thai nach bloßem Augenschein Erklärungen ab, mit denen sich reisen läßt. (»Mein Gott«, ruft Dörte, »wie man hier ohne unseren Sicherheitstick in den Tag hinein lebt!«) Doch die Regierungen aller drei Staaten sind souverän. Sie üben ihre Herrschaft weder fatalistisch noch mit Sanftmut aus und gewiß nicht unbekümmert in den Tag hinein, sondern mit Polizei- und Armeegewalt, mit Kastendünkel und Korruption, mit allen Machtinstrumenten, die einheimisch überliefert sind oder aus westlichen Arsenalen freihaus geschenkt wurden.

»Naja«, sagt Dörte Peters, »an unserem Demokratieverständnis dürfen wir die Zustände hier nicht messen.«

»Das ist doch klar«, sagt Harm Peters, »mit dem Hinduismus wäre auch Mao nicht fertig geworden.« Ihn interessiert das Soziale: von jedermann will er den Stunden- oder Wochenlohn wissen; sie möchte schulische Fakten in ihrem Tagebuch sammeln. Beide sagen: »Bevor wir hier Meinungsfreiheit fordern, sollten wir lieber zu Hause ...«

Diese Ansichten vertreten auch andere Mitreisende. Und Dr. Wenthien, der allabendlich dazu neigt, bei einem Glas Orangensaft seinen Überblick preiszugeben, belehrt seine kleine und mittlerweile leicht irritierte Reisegruppe: »So traurig und in unserem westlichen Sinn hilfsbedürftig das alles anmutet, von hier aus wird sich die Zukunft unseres Planeten bestimmen. Von hier aus werden uns, den von Menschenrechten faselnden Plappermäulchen, die neuen Menschenrechte diktiert werden. Europas Hunger nach den Geheimnissen Asiens wird, ich bin sicher, für immer gestillt werden. Alle Dämonen und Geister – Sie dürfen mir glauben, es gibt sie – werden über uns kommen.«

Das sagt Wenthien, bevor sie ihren letzten Tag auf indischem Boden nach allgemeinem Wunsch außerhalb Bombays, nahbei einem Fischerdorf verbringen. Es soll erholsam werden und beginnt auch ländlich friedlich. Mit altmodischer, vieler Fotos würdiger Fähre werden sie auf die Fischerinsel Manori gebracht. Auf Ochsenkarren verladen, fotografieren sie über den Rücken der schöngehörnten Zugtiere hinweg den Weg zu ihrem einfachen, aber sauberen Hüttenhotel.

»Endlich mal kein Aircondition!« ruft Dörte.

»Endlich das Meer!« ruft Harm.

Und Palmen, die man himmelwärts fotografieren kann. Und ein weiter Sandstrand, auf dem eine angeschwemmte Schildkröte zum Foto wird. Und einheimische Frauen, die junge Kokosnüsse und Tee servieren. Ihr Tuchgewand haben sie zwischen den Beinen geknotet; doch zögert Harm, das betonte Gehen zu fotografieren. Auf dem Weg den Strand entlang zum Fischerdorf – »Aber bitte bekleidet!« mahnt Dr. Wenthien – will Dörte plötzlich, weil die Natur, die Palmen, das Meer, die tote Schildkröte, die seltsam geknoteten Frauen ihr zureden – »Das macht mich hier alles irgendwie an!« – nun doch das Kind: »Unser Kind, hörst du. Man muß es wollen und sich nicht bloß ausdenken. Mit dem Bauch, nicht nur mit dem Kopf wollen. Kreatürlich sein, hörst du!«

Aber Harm, der zugibt, daß auch ihn das alles – »na, der ganze Zauber hier!« – ziemlich anmache, will seinen Kopf nicht auf Urlaub schicken. »Angenommen«, sagt er, »wir kriegen das Kind. Und angenommen, es kommt gesund auf die Welt. Und angenommen, es wächst sogar ohne die üblichen Frühschäden auf. Und angenommen, wir kümmern uns wirklich, soweit wir uns beruflich freistellen können, um unser Wunschkind: Es geht trotzdem schief. Ich sage dir, die Umwelt, unser Schulsystem, der Fernsehzwang, alles, überhaupt alles wird unser Kind verbiegen, wird es normen. Wie wir inzwischen verbogen, genormt sind. Und dann die neuen Technologien! Stell dir vor, unser Kind wird an den Schulcomputer angeschlossen. Nicht alleine natürlich, die ganze Klasse, alle Schulpflichtigen werden, na, sagen wir, ab Ende der achtziger Jahre nicht mehr altmodisch, durch viel zu teure und nur schwer zu kontrollierende Humanlehrkräfte, sondern durch staatlich programmierte Lehrcomputer unterrichtet: direkt in die Hirnzellen der lieben Kleinen: Tickeditack! Schluß mit dem blöden Büffeln. Kleines und großes Einmaleins? Sitzt in einer halben Stunde. Tickeditack! Die englischen unregelmäßigen Verben? Ein Zehnminutenprogramm. Tickeditack! Vokabelhefte führen? Daß ich nicht lache. Alles besorgen die handlichen Kinderschlafzimmercomputer. Im Schlaf lernen, das ist die Zukunft! Und die Kleinen mit ihren Daten, Zahlen, Formeln, Verben speichernden Hirnen werden alles und nichts wissen. Und wir, Mutter Dörte, Vater Harm, werden blöd dastehen, mit nichts als überflüssigen Erinnerungen, Halbkenntnissen und moralischen Bedenken im Kopf. Und solch ein Kind, frag ich dich, willst du verantworten?«

Da sind sie schon, von Harms Rede getrieben, mitten im Dorf, wenn das Dorf eine Mitte hat. Bruchbuden, Lehmhütten. Was die Netze bringen, fingerlange Fischlein und kleineres Zeug, trocknet auf harten Böden, an zu Wänden aufgestocktem Gestänge. Den Fischern gehören weder die Boote noch die Netze noch das Fischzeug noch die Mühle, in der das Fischzeug zu Fischmehl gemahlen wird. Fünftausend Menschen soll das Dorf zählen, darunter dreitausend Kinder. Verwurmte, offensichtlich kranke, von Augenschäden gezeichnete Kinder. Sie betteln nicht, lachen, spielen nicht, sind nur still und überzählig.

Dörte, die vorhin noch, angemacht von soviel Natur, ein Kind, ganz kreatürlich ein Kind wollte, sagt auf dem Rückweg: »Die Kinder im Slum waren lustiger.«

Abends, auf der Terrasse des bescheidenen Hüttenhotels, hält Dr. Wenthien seiner Reisegruppe einen kleinen Vortrag über das indische Fischereiwesen: »Nichts bringt das. Dabei ist der Indische Ozean, bis auf die leergefischten Küstengewässer, überaus fischreich und könnte, wenn man die Hochseefischerei entwickeln wollte, den chronischen Proteinmangel der überwiegend vegetarisch lebenden Bevölkerung beheben: längs der Küste, und wenn man Tiefkühlketten einrichten würde, bis ins Land hinein. Aber die Inder, nun ja. Die können sich nur vermehren. 57 000 Babys pro Tag. Jeden Monat zählen wir eine Million Inder mehr. Hier müßten mal die Chinesen ihre Ordnung entfalten.«

Als Dörte nachts unter dem Moskitonetz noch einmal auf das Kind zurückkommt und Wenthiens beispielhafte Chinesen zitiert: »Die Einkindehe wird sogar in der Volksrepublik gefördert«, schreit Harm: »Nein! Nein! Sollen sie doch aussterben, die Deutschen, von mir aus.«

Wäre das denn so schlimm? Sind nicht viele große Kulturvölker nur noch in Museen bestaunenswert? Die Hethiter, Sumerer, die Azteken? Ist keine Welt vorstellbar, in der tausend Jahre später die Kinder einer neu sich heranbildenden Völkerschaft vor Glaskästen stehen und staunen: über die Wohnkultur und über die Eßgewohnheiten der Deutschen? Über ihren unbeirrbaren Fleiß? Über ihren Hang, alles, sogar ihre Träume zu ordnen? Und könnte nicht die deutsche Sprache, wie heute das Latein der Römer, zur toten, aber doch zitierbaren Sprache werden? Könnten nicht Politiker, die gegenwärtig ihre ausufernden Reden mit lateinischer Spruchweisheit zieren, in gut tausend Jahren ihren Redefluß mit Hölderlin-Zitaten – »So kam ich unter die Deutschen...« – interessant machen: »... ich kann kein Volk mir denken, das zerrissener wäre...?« Und kann es nicht sein, daß erst nach dem Aussterben der Deutschen, ja, dank ihres Unterganges, die deutsche Kultur (und in ihr die Literatur) als ein vielfältiges Ganzes sichtbar und deshalb kostbar gehalten wird? »Nein«, könnte es rückwirkend heißen, »sie waren keine nur kriegerischen, nur dumpf Erwerb suchenden, nur funktionierenden Barbaren...«

Ich schreibe ins Blaue. Wo immer wir Station machten, schrieb ich gutgläubig auf meine Einreisekarte in die

Rubrik Beruf: Schriftsteller. Ein Beruf mit Herkommen, wenn am Anfang das Wort gewesen sein soll. Ein schöner, gefährlicher, anmaßender, ein zweifelhafter Beruf, der sich leicht vergleichende Umschreibungen einhandelt. Irgendein DDR-Bonze, ein chinesischer Rotgardist, dazumal Goebbels hätten sagen können, was Franz Josef Strauß auf deutsch, nicht etwa sein Latein bemühend, vor einem Jahr gesagt hat. »Ratten und Schmeißfliegen« hat er die Schriftsteller genannt. (Später stritt man darüber, ob er und seine Nachredner nur einige und nicht alle gemeint hätten.)

Auch wenn in China sein Name nicht fiel, war doch, sobald es um einen bestimmten, sich weltweit angleichenden Sprachgebrauch ging, von ihm die Rede. Die chinesischen Schriftsteller kennen jene erbärmliche Macht, die ihre Feinde mit Nagern und Insekten vergleicht und das Mittel zur Ausrottung bereithält. Sie sprachen eher zurückhaltend, als müßten sie eigene Schande berichten, von ihren Leiden während der schlimmen Jahre: Kerkerhaft, Stockschläge, Schreibverbot, öffentliche Zurschaustellung, Latrinendienst. Das sei nun vorbei, werde aber nachwirken. Weshalb man die neue, noch an Form arme, sich unsicher meldende Literatur die »Wundenliteratur« nenne.

Sie fragten nach den ostdeutschen Kollegen. (Ein älterer Herr der Pekinger Runde hatte vor Jahren auf einem Kongreß mit Anna Seghers gesprochen.) Ich erzählte, wie wir uns regelmäßig – vier fünf Westberliner Autoren, sieben acht Ostberliner Autoren – von 1973 bis 77 in wechselnden Ostberliner Wohnungen getroffen, uns aus Manuskripten vorgelesen, unsere geteilte Lage und doch immer noch gemeinsame Sprache beklagt und gefeiert haben. Ich sagte: »Etwa alle drei Monate. Ja, bei Bier und Kartoffelsalat. Die Frau des Gastgebers zog, als zöge sie ein Los, Zettel aus einer Mütze, auf denen die Namen der Vorlesenden standen. Natürlich sind wir bespitzelt worden. Das ging, solange es ging. Dann begannen die Ausbürgerungen. Mit Biermann fing es an.«

Ich nannte die Namen und Buchtitel jener Schriftsteller, die nun im Westen leben und doch wie zwischen den Staaten: dem einen, dem anderen Deutschland Stachel im Fleisch. Und in Shanghai, wo ich abermals zwischen Kollegen saß, war auch ihnen jedes Detail wichtig: die Grenzkontrollen, die Winkelzüge der Zensur, den west-östlichen Sprachgebrauch im Umgang mit Schriftstellern. Was alles uns betrifft, die unruhig seßhaften Nestbeschmutzer.

Das war nicht fremd oder zu weit weg. Die chinesischen Schriftsteller kennen die ideologische Blendung, die Enge des Dogmas. Wie verächtlich sich Mächtige aussprechen, ist ihrem Gedächtnis eingeschrieben. Nur die Wörter »Ratten und Schmeißfliegen«, nicht deren vernichtungsträchtiger Sinn, mußten ihnen übersetzt werden. Sie sagten: »Sogar unsere Klassiker traf es. Jetzt müssen wir sie den Jungen, die wenig wissen, wie Neuentdecktes bekannt machen.«

Unser Gespräch lief, während wir in feierlicher, anfangs zeremonieller Runde saßen. Es ging nicht ohne Tischreden ab. (Gerne hätte ich Gedichte von Kunert und Born gelesen.) Wir aßen mit Stäbchen süßsaure Seegurken, Pekingente und gelierte hundertjährige

Eier. Wir tranken sechzigprozentigen Hirseschnaps. Worauf tranken wir? Da häufig nachgegossen wurde, tranken wir auf die Widersprüche, auf die immer anders bestrittene Wahrheit, natürlich auch (was immer das sein sollte) auf das Wohl des Volkes, auf das weiße, nach Wörtern schreiende, noch unbefleckte, zu befleckende Papier. Und wir tranken auf uns, die Ratten und Schmeißfliegen.

Auf meinen Zetteln für die »Kopfgeburten« steht zwischen Notizen die eingeklammerte Notiz: (Bevor das Lehrerpaar abreist oder nachdem es Ende August nach Itzehoe zurückkommt, sagt Dörte Peters: »Noch nicht, Harm. Wir müssen den Wahlausgang abwarten. Unter Strauß setz ich kein Kind in die Welt.«) – Einfach lächerlich. Dieser Vorwand soll ihr genommen werden.

4

Nicolas Born stirbt seit Wochen. Wir besuchen ihn im Berliner Klinikum Westend. Krebs hat ihn überall besetzt. Nach einer Kopfoperation, die einer Lungenflügelamputation folgte, ist sein westfälischer Schädel (rasiert nun, abgemagert) ein wenig zur Ruhe gekommen: Man spricht von drei Monaten Frist.

Er entschuldigt sich für seinen Zustand. Wir sitzen zu gesund neben dem Bett. Wie ich ihm von der Vergabe des Döblin-Preises an Gerold Späth berichten will, bittet er uns, sein Gedächtnis nicht nach Namen und Zusammenhängen zu befragen. Da seien jetzt Löcher. Auch Wörter wie weg. Er liegt unruhig auf dem Rücken und sucht die hohe Zimmerdecke nach verlorenen Nebensätzen ab. Irmgard Born stellt den Kopfteil des Bettes steiler. In seitlicher Lage ist ihm der Dauerschmerz erträglicher.

»Sagt mal, wo überall seid ihr...« Wir bemühen uns, normal zu sprechen und nicht, als wollten wir Abschied nehmen. Wir erzählen, was sein Kopf nicht erinnern muß: von chinesischen Radfahrern, von zwei chinesischen Matrosen, die Ute in Shanghai auffielen: wie sie Hand in Hand spazierten, zärtlich, ein Paar. Das Bild macht ihn lächeln. (Oder will er uns nur erfreuen, indem er, was ihn erheitern soll, uns bestätigend aufnimmt?) Dann wird er müde, ohne schlafen zu können: die vielen, zu vielen Medikamente.

(Jetzt lese ich sein Buch »Die Fälschung«, das er mit letzter Kraft zu Ende gebracht hat. Es liest sich wie die Vorwegnahme seiner, unserer Krankheit: das normal Absurde. Die kaum noch erschreckenden Zufälle. Die Verwertung des Schreckens. Der vernünftelnde Wahnsinn. Die wachsende Entfernung bei zunehmender Annäherung. Das Irrlicht Liebe. Die Engführung unseres Zustandes.) Merkwürdig, daß er, kindlich wie alle Schriftsteller, nahezu trotzig auf die ihm angekündigte Buchbesprechung im »Spiegel« wartet. Er will wissen, wann Montag ist.

Kaum haben wir den Freund verlassen – es ist ein Verlassen – und das Klinikum Westend hinter uns, ist alles wieder da, was ihn nicht mehr angeht: das nächste Café – wir brauchen Stärkung, wir! –, der Verkehr, die Zukunft und ihre Ziele, die Einteilung der nächsten Stunden und Tage in Abschnitte, Schul- und Steuerprobleme, das Wetter, bedrohlich Kommendes, das notdürftig mit dem Namen Strauß benannt wird, entlegene Schrecken: Khomeini. Doch auch ein Taxi, das man rufen kann, die Zigaretten, das Wechselgeld, der nachwirkende Schub der Asienreise. Wie war es. Erzähl mal. Worüber ich sitze: Kopfgeburten.

In meinen Notizen steht: »Wie auf der indischen Fischerinsel Manori sammelt Harm Peters auf Bali Muscheln vom Strand, die er, obgleich Dörte keinen Blick dafür hat, in ihrer Wohnung in Itzehoe zu anderen Muscheln legen will, die er an europäischen Stränden gefunden hat: auf Fensterborde, in einen Vitrinenschrank oder in altmodische Bonbongläser.«

Ein Strandgänger, der sich immer wieder bückt. Er ist ihr und ihren Problemen davongelaufen. Sie tippelt, seitdem sie das Kind – »Und zwar unwiderruflich« – will, auf religiösem Pfad. Mit balinesischen Frauen trägt sie blumengeschmückte Reisschälchen zu Opfertempeln unter heiligen Bäumen, in denen jeweils eine weiße, fruchtbringende Frau wohnen soll. Das hat ihr Dr. Wenthien, der ihre und Harms Nöte kennt, mit Worten geraten, die sein hinduistischer Fundus hergibt: »Wir sollten das nicht als Geisterspuk abtun, sondern unseren Wünschen reinen Ausdruck geben.«

Deshalb liegt sie nicht mehr bei Harm. »Noch nicht«, sagt sie, »noch bin ich nicht soweit.« Deshalb läuft Harm mürrisch den Strand ab. Beiseite schleppen alte Frauen gegen Pfenniglohn Körbe voll mit triefendem Muschelsplitt aus der Brandung. Der Splitt wird von Mühlenbesitzern gemahlen und von Ofenbesitzern zu Kalk gebrannt. Harm schreit gegen die Brandung: »Denkste, Puppe! Aber das zieht nicht. Wenn du endlich willst, werde ich nicht wollen. Diese Tempelscheiße! Ich will kein irrationales Kind!«

Dann hilft er einer alten Frau, die das komisch findet, Muschelsplitt schleppen. Ziemlich ungeschickt hievt er den Korb.

Schon in Bombay, später in Bangkok hat Dörte Peters zwischen Tempel- und Slumbesichtigungen nach hinduistischem Nippes gesucht und in Trödelläden den auf seinem Söckelchen daumenhohen, tanzenden Shiva in seiner Kindheitsphase, den Kind-Gott, gefunden. Aber erst auf der Insel Bali, die sich, anders als die restlichen dreizehntausend indonesischen Inseln, tagtäglich nach Hindi-Riten ihren Touristen zeigt, kippt die eher sachliche und allenfalls faktenbesessene Studienrätin ins Übersinnliche; sie fährt, mit Harms Worten, »auf ihrem religiösen Trip ab«.

Vielleicht sind es die in Terrassen gestaffelten, wäßrig den Himmel spiegelnden Reisfelder, die Bambushaine, der umwölkte Vulkan, diese bedrohten, gesegneten, nach jeder Straßenbiege wechselnden Landschaften und die jede Dorfmitte überdachenden Wairinginbäume, die Dörte, weil plötzlich gläubig, empfänglich machen. Ohne sich dem gleitenden Gehen fügen zu können, geht sie mit Balinesinnen in einer Reihe, trägt sie in Händen, was die Einheimischen getürmt auf dem Kopf tragen, hängt sie (nach dem Reisopfer) ihren Wunschzettel an einen Wunschbaum, der Kinder verspricht. Jetzt blüht ihr Zettel zwischen vielen Zetteln, die alle um ein Kind, noch ein Kind zu all den anderen Kindern bitten; während Dörte ihr erstes und (da ist sie sicher) einziges Kind im Sinn hat.

»Wer immer du bist, guter Geist«, hat sie auf ihren Wunschzettel und mit ausführlichen Begründungen in ihr Tagebuch geschrieben, »segne mich mit einer Tochter. Sie soll Lambon heißen.« (Diesen Namen hat sie aus einem Roman, den ihr Wenthien geliehen hat: »Liebe und Tod auf Bali«.) Und in ihr Tagebuch schreibt die Tochter des Bauern Hinrich Wulf: »Sollte sich Vater über den fremdländischen Mädchennamen ärgern – So heißt man nicht! wird er poltern –, werde ich ihn fragen, warum man mich Dörte genannt hat.«

Schon kennt sie die Riten und hält sich an Tabus. Um die Reinheit ihres Wunsches zu beweisen, hat sie ihre Pillen, drei Packungen, in eine von Dr. Wenthien der Reisegruppe empfohlene, natürlich heilige oder dämonische, von einer Schlangengöttin bewohnte Höhle geworfen, die im Prospekt der Reisegesellschaft »Sisyphos« »Fledermaushöhle« genannt wird; Harm wird den Vorgang fotografieren oder mit seiner Superacht filmen.

Ich sollte, bevor diese Episode zur Filmszene gerinnt, nachtragen, daß Harm inzwischen mehrmals versucht hat, seine eingeflogene Leberwurst an den Mann zu bringen. Bisher vergeblich. In Denpasar, der Hauptstadt der Insel, wo er seinen Schulfreund mit überall vorgezeigter Adresse sucht, ist Uwe Jensen nicht aufzutreiben. Wo immer Harm schwitzend, mit der Leberwurst in der Tragetasche, sein Zettelchen vorweist, wird er in andere Richtung geschickt. Ihm unverständlicher Wortschwall. Kaufangebote. Trinkgelder für immer heitere Burschen, die ihn in abgelegene Budenquartiere führen. Viel untouristische Realität. Und das bei Mittagshitze, während Dörte im Schatten unter Hotelpalmen liegt. Das ist selbst für eine in Frischhaltefolie eingeschweißte Leberwurst zuviel. Das ist gegen ihre Natur. Sie will zurück ins Hotel Kuta-Beach. Sie will in der Kühlbox sicher liegen.

Harm wird nach einer weiteren vergeblichen Suchaktion – diesmal bei der hauptstädtischen Polizei, doch ohne Wurst in der Tragetasche – Dr. Wenthien um Hilfe angehen, der natürlich sofort Bescheid weiß.

Über Kontaktpersonen leitet er jene nicht ungefährliche Nebenhandlung ein, die die Leberwurst von Anbeginn versprach: Aktionen, fingierte Frachtbriefe, chinesische Zwischenhändler, ein malayischer Kris...

Mir paßt das nicht. Der untergetauchte Uwe Jensen könnte in Waffengeschäfte verwickelt sein, die sich nach Amblers Handlungsgefälle und Harm Peters' Lust auf Abenteuer zur Haupthandlung auswachsen könnten. Aus Wenthiens Andeutungen – »Ihr Freund«, sagt er, »wird wohl geschäftlich die Insel Timor besuchen« – zeigt sich Waffenschmuggel als Möglichkeit an; denn auf Osttimor, das vormals portugiesische Kolonie war, kämpft bis heutzutage eine Unabhängigkeitsbewegung gegen indonesisches Militär, und Timor gehört wie Bali zu den Kleinen Sundainseln.

Nein, da mischen wir uns nicht ein. Allenfalls andeutungsweise, als eine gegen Dörtes Wunschkind gerichtete Kopfgeburt, könnte sich diese Nebenhandlung abzeichnen. Es wird, was er wünscht. In Tagträumen sieht Harm sich als Partisan. Mit einer (russischen) Maschinenpistole hält er drauf. Im tropischen Regenwald, im Bergland. Er gibt Feuerschutz. Mit seinem Freund Uwe kämpft Harm für ein freies und unabhängiges Timor. Sie setzen ihr Leben ein; denn einfach streichen läßt sich die Leberwurst nicht mehr.

Aber relativieren ließe sich das handlungsträchtige Mitbringsel durch diverse Naturwunder. Auf meinen Notizzetteln steht: »Vor der Fledermaushöhle, an deren kirchportalhohem Eingang, in deren tiefgewölbter Schwärze hunderttausend Fledermäuse hängen, zanken sich Harm und Dörte.«

Natürlich über das Kind. Schrilles, auf- und abschwellendes Pfeifen geht von den Fledermäusen aus. Die Höhle atmet, was ein Film nicht vermittelt: Gestank. Drei vier Dutzend von den hunderttausend Fledermäusen lassen sich los, schwirren im Zickzack, hängen sich wieder kopfunten ins Gewölbe. Das Tempelchen im Höhleneingang ist von Fledermauskot überkrustet. In der Höhle, deren Schwärze sie unabsehbar macht, soll es eine Schlange oder die Göttin in Schlangengestalt geben. Zwischen Bettelkindern, die der Reisegruppe um Wenthien gefolgt sind, bieten einige Mädchen Blütenkörbe an. Dörte kauft einen Korb und stellt ihn vor das verschissene Tempelchen.

Ohne Rücksicht auf die Gruppe schreit Harm: »Ich will bewußt ein Kind machen. Hörst du. Nicht auf die hinduistische Tour!«

Und Dörte schreit ungehemmt: »Und ich krieg das nicht hin mit unserer Scheiß-Vernunft! Ich muß mich lösen, muß mich fallenlassen. Ich will das andere, das mir von innen, nein, von außen, ja, lach doch, das Übersinnliche, ich meine, ich muß sie spüren, die göttliche Kraft irgendwie...«

Jetzt kramt sie in ihrer Tasche. Jetzt erst wirft sie die drei Reisepackungen Pillen mit großer schöner Bewegung in die Höhle, läuft dann, als müsse sie den Pillen hinterdrein, am Tempelchen vorbei in die Höhle und verschwindet, verlöscht hellgekleidet und langhaarig blond in dem dunklen Loch.

Die Reisegruppe entsetzt sich mit kleinem bis schrillem Aufschrei. Selbst Dr. Wenthien erlaubt seinem Gesicht starres Erschrecken. Und Harm schreit, flucht, hebt dann die Superacht und filmt, als helfe das, die von Fledermäusen durchzuckte Schwärze, bis er seine Dörte im Sucher zurückkommen sieht.

Sie geht langsam. Schritt nach Schritt wird sie wieder hell. Sie lächelt. Sie trägt eine Fledermaus im Haar. Sie steht vor dem immer noch filmenden Harm, der zurückweichenden Reisegruppe. Umringt von den stummen Bettelkindern zeigt sie sich mit ihrer Fledermaus. Sie lächelt, wie sie sonst nie gelächelt hat. Jetzt löst sie die Fledermaus aus ihren Haaren, die Fledermaus schwirrt davon. Die nun stummen Bettelkinder berühren ihre Hände, ihre Füße in den Sandalen, wollen ihr blondes Haar fassen, das jetzt noch blonder ist. Dörte weint offenbar glücklich.

Eher verlegen wendet sich die Reisegruppe ab. (Wir hören Dr. Wenthien zwischen anderen Fremdwörtern das Wort »Karma« flüstern.) Ein Köter, der vorher schlafend im Höhleneingang lag, erhebt sich, frißt eine der abgefallenen toten Fledermäuse. Harm schreit: »Nein! Ich will nach Hause!«

Es stellt sich auf meinen Notizzetteln die Frage: »Wird sie nach dieser Aktion immer noch nicht bei ihm liegen wollen? Oder will sie, weil nun endlich rein genug, aber er will nicht, nicht mehr, weil er jetzt muß oder zu müssen meint? Oder kann er nicht, obgleich er darf und auch will?«

Ich glaube, er wird sich verweigern. Schließlich gehört er (wie Dörte auch) einer Generation an, die sich vor zehn Jahren dem Prinzip der Verweigerung verschrieben hatte: Den systemimmanenten und den sexuellen Zwängen wollten sie sich entziehen. Einzig Lust sollte sie bestimmen. Zwar ist wenig davon geblieben, denn inzwischen ertappen sich beide beim konjunkturgerechten Konsumieren und bei lustlosem Sexualverhalten, aber prägend genug ist die Phase des Studentenprotestes gewesen, um beiden den Wort- und Begriffsaufwand ihrer frühen Jahre abrufbar zu halten, als zweiten Aufguß, als Rückfall, als Schlagabtausch, wo immer sie stehen oder liegen.

In ihrem Hotelzimmer mit Blick auf den Balkon, den Dörte, wie Harm sagt, »zum Haustempel umfunktioniert hat«, weiß er genau: »Es ist deine Flucht in die religiösen Muster, die mir auf den Schwanz schlägt.«

Selbst wenn er wollte, er kann nicht. Ihre gesucht demütige, dann wieder offen aggressive Erwartung drängt ihn, so sagt er, »in ein verdammt abhängiges Rollenspiel«. Wenn sie halb lockend, halb drohend sagt, »Nun komm endlich, Harm. Ich bring ihn dir schon hoch«, baut er seine Wortbarrieren: »Ich muß wohl mein Soll erfüllen. Das ist Leistungszwang. Das, genau das, wenn ich nicht will oder kann, aber muß, ist Fremdbestimmung. Und zwar aus religiösem Wahn. Das hat doch mit mir nix zu tun. Das kannst du von sonstwem kriegen. Na, von deinem Beichtvater, diesem Himmelfahrtspezialisten!«

Die Reisegruppe, der Dr. Wenthien in Bombay die religiösen Riten der Parsen, in Bangkok das Bettelsystem der buddhistischen Mönche, auf Java den im Moslemglauben unterschwelligen Hinduismus und auf Bali den trotz aller holländischen Strafaktionen kindlich gebliebenen Hindiglauben erklärt, besteht aus zwei Mittvierziger-Ehepaaren, zwei Enddreißiger-Freundinnen, einer stattlichen Mutter mit mickriger Tochter, einer lustigen Pastorenwitwe, einem pensionierten Finanzbeamten aus Wilhelmshaven und Harm und Dörte Peters. Es können auch ein Mittvierziger-Ehepaar mehr und die Pastorenwitwe weniger sein. Jedenfalls machen die Mitglieder der Reisegruppe unterschiedlich stark von den »Sisyphos«-Angeboten Gebrauch. Eines der Ehepaare fehlt bei den Slumbesichtigungen. Die mickrige Tochter der stattlichen Mutter will keine Tempel mehr sehen. Nur Harm und Dörte entschließen sich zur Slumübernachtung. Vor der Fledermaushöhle fehlen die beiden Enddreißiger-Freundinnen und der Finanzbeamte aus Wilhelmshaven, der sich andererseits entrüstet – »Immer diese Extratouren!« –, wenn sich Harm und Dörte von der Gruppe entfernen und eigene, ungesicherte Wege gehn: »Ich hab das satt, diesen Hordentrott!«

Geschlossen kommt die Gruppe immer nur dann ins Bild, wenn Dr. Wenthien am Morgen in der Hotelhalle das Tagesprogramm bespricht, dann bei kurz eingeblendeten Ausflügen im luftgekühlten VW-Bus oder während der Bootsfahrt auf den Khlongs von Bangkok oder während breiter Szene beim Hahnenkampf, der eigentlich polizeiwidrig ist. Aber die nicht zu hemmende Wettlust der Balinesen macht die Kämpfe dennoch möglich; und Wenthiens Beziehungen erlauben die touristische Teilnahme der Reisegruppe.

Unter lichtdurchlässigem Palmblätterdach. Auf dorfeignem Platz. Nach längerem Wettpalaver plötzliche

Stille. Schon während der ersten Kampfszene findet Wenthien Anlaß für eine längere Rede, die er, wie sein Beruf es verlangt, schon mehrmals gehalten haben muß: »Achten Sie auf die Messer am Sporn! Dieses Sichanspringen! Wie sie sich aufsteilen! Und jetzt, sehen Sie nur, wie die Hähne, sobald sie einander aus dem dummen Auge verlieren, sich nicht mehr plustern, sondern langweilig friedfertig nach Körnern picken. Wie ja wir Menschlein auch zum Kampf aufeinander angesetzt werden müssen, wofür der Arbeitsplatz, das demokratische Gemeinwesen, notfalls das Ehebett die Arena stellen. Denken Sie nur an die zu Hause üblichen Tarifrundenkämpfe, an das neue Ehescheidungsgesetz oder an den derzeit tobenden Wahlkampf: die sich parteilich plusternden Hähne ...«

Das sagt er leise, ein wenig nörgelnd, wie von seiner Weisheit gelangweilt, unter dem lichtfilternden Palmblätterdach, umgeben von seiner Reisegruppe, inmitten der vorhin noch sanften, nun von der Wettseuche geschüttelten balinesischen Männer. Wie sie hocken. Wie der Schweiß ihre Muskeln zeichnet. Wie sie mit Fingerzeichen und Gurgellauten wetteifern. Wie die Männer ihre Kampfhähne anhauchen, küssen, ihnen das Gefieder blasen, sie lieben.

Die Frauen dürfen nicht dabeisein, wenn sich die Hähne mit Messern am Sporn anspringen; nur Touristinnen dürfen. Besiegte Hähne werden am Rand des Kampfplatzes geschlachtet. Dörte schwitzt auf der Oberlippe. Die mickrige Tochter will weg: »Kann das nicht mehr mitansehen.« Die Enddreißigerinnen fotografieren. »Welche Belichtung?« ruft der pensionierte

Finanzbeamte aus Wilhelmshaven. Wer anders ist begeistert: »Mann, wie die Federn fliegen!« Und Harm filmt mit seiner Superacht lange und ausführlich.

Er will – was als Wunsch und Vorgriff eingeblendet werden kann – seinem SPD-Ortsverein die »irrationale und doch gesellschaftliche Relevanz« balinesischer Hahnenkämpfe vorführen: »Das ist die überkommene Brot-und-Spiele-Herrschaftsmethode, liebe Genossen und Toto-Freunde!« Auch Dörte wird einbezogen: »Halt mal den Lichtmesser!«

»Sehen Sie«, sagt Dr. Wenthien. »Wenn die Hähne nicht mehr wollen, wird ihnen, nach kurzer zeremonieller Handlung, ein Korb übergestülpt, der sie wieder gegeneinander zwingt. Sobald man den Korb nach althergebrachten Riten hebt, ist der Fortgang des Kampfes garantiert.«

»Wie die Genossen in Itzehoe!« schreit Harm filmend begeistert, »wenn es mal wieder ums hehre Prinzip geht.«

Zwei frische Hähne werden angesetzt, plustern sich. Abseits kommt das Schlachtmesser zum Zug. »Kind, guck doch weg!« ruft die stattliche Mutter der mickrigen Tochter zu. Der bewaffnete Hahnenfuß wird abgehackt und zur Seite gelegt, damit das Messer für neue Kämpfe, für neue Hähne geschärft werden kann. Dörte zischt: »Männer! Männer! Auf sowas kommen nur Männer!« Die Enddreißigerinnen finden das alles »irre malerisch«. Der Finanzbeamte hat Mühe, einen neuen Film einzulegen: »Kann mir denn niemand helfen?« Und über allem Geschehen nörgelt weise Dr. Wenthien: »Der ewige Kreislauf. Alles fließt. Stirb und werde ...« Schnitt.

Worauf der immer gleiche und wie geschlechtslose Reiseleiter (doch ohne seine Sisyphos-Reisegruppe und ohne Harm Peters) neben einem Hindutempelchen eindringlich einschläfernd an Dörte Peters vorbei in Richtung Meer und Brandung spricht: »Deshalb sollten Sie sich nicht dem Kreislauf verweigern, sondern demütig eingehen in den Kreis und ein Kind empfangen, austragen, gebären, damit das ewige Stirb und Werde ... Deshalb werden wir morgen die sogenannte Fledermaushöhle aufsuchen, in der hunderttausend Fledermäuse kopfunten ...«

Das steht nun fest: In China wird nicht gedreht, selbst wenn Schlöni, wie unsere Kinder ihn nennen, in der Volksrepublik Dreherlaubnis bekäme. In China hat man den Hunger, das große Stirb! abgestellt und das allzugroße Werde! mühsam (wenn auch zu spät) unter Kontrolle gebracht: Kindergeld gibt es nur fürs erste Kind. Mit dem zweiten Kind entfällt das Kindergeld fürs erste. Wagen chinesische Eltern, ein drittes Kind in die Welt zu setzen, müssen sie das fürs erste Kind kassierte Kindergeld zurückzahlen.

Das ist doch unmenschlich, grausam, gewaltsam, frustrierend! könnte Harm Peters sagen. Und kein vorehelicher Sex. Und kein außerehelicher Sex. Was machen die nur mit ihren Gefühlen, Sehnsüchten, Überschüssen, mit ihrem Fortpflanzungsdrang, mit ihrem eingeborenen Großfamiliensinn?

Oder anders gefragt: Welche Komplexe nisten sich da ein? Wie heißen die chinesischen Neurosen? Haben die Chinesen überhaupt Zeit für Komplexe, Neurosen und ähnliche westliche Markenartikel? Und angenommen, sie haben welche: wohin damit laufen? Soll etwa die westliche Welt – die hilft doch immer so gerne – das chinesische Volk mit fünfhunderttausend Psychiatern beglücken? Könnten wir so unseren ausgebildeten Überschuß nutzbringend loswerden? Wäre das der andere Film, den Schlöndorff und ich nicht drehen müssen? Und hätten wir Deutsche, wenn wir uns anstelle der Chinesen zu einer Milliarde ausgewachsen hätten, dann, weil um jeden vor- und außerehelichen Lustgewinn gebracht, die nicht erkennbaren, von niemand behandelten, auf keiner Couch analysierten Komplexe und Neurosen der Chinesen, während sich, stellvertretend für uns, das auf achtzig und immer weniger Millionen schrumpfende chinesische Volk, vom Aussterben bedroht und vom Lustgewinn übersättigt, mit unseren deutschartigen Komplexen und Neurosen rumzuplagen hätte, also eine wachsende Zahl von Psychiatern, von Analytikern und Therapeuten ernähren müßte?

Ich habe vergessen zu fragen, ob es in der Volksrepublik China die Psychoanalyse gibt. Ob man dort Zeit und Geld hat für diese langjährigen Rituale. Ob vielleicht anders gearteter Lustgewinn ... Oder ob gar mit Hilfe der Akupunktur...

Kurz nach der Abtreibung, vor zwei Jahren, haben sich Dörte und Harm Peters des Kindes Ja, des Kindes Nein wegen behandeln lassen: getrennt, gemeinsam. Viel kam nicht dabei raus: Harms mittelgroßer Mutterkomplex und Dörtes übermäßige Vaterbindung. So gerne sie gegenteiliger Meinung sind: Doch teuer, zu teuer fanden beide die wöchentliche Doppelstunde.

»Daß ich mein Mütterchen immer noch kindlich recht lieb habe«, sagte Harms damals, »wußte ich vorher schon. Und zwar ohne für diese Einsicht zahlen zu müssen. Dafür machen wir lieber ne Reise.«

»Womöglich bringt uns die Reise«, sagte Dörte, »ein Stückchen weiter. Denn daß ich an meinem Vater hänge, lasse ich mir nicht nehmen, so oft mir der olle Griesgram auf die Nerven geht mit seinen Sibirienerlebnissen von dazumal.«

Man kann das ins Bild bringen: die gebrechliche Kriegerwitwe in ihrem Eigenhäuschen, den Marschbauern ohne Hof. Und Harm und Dörte auf der Couch: nicht Doppel-, jeweils Einzelcouch. Das Muttergebrabbel. Das Vatergezänk. Die letzten und vorletzten Träume ausgebreitet, die Frühprägungen der Analphase wiedergekäut, während sich Harms Mutter in Hademarschen und Dörtes Vater in seiner Kremper Altenteilwohnung ihrer Sohn und Tochter prägenden Macht nicht bewußt sind, sondern die Fürsorge des Sohnes (Konfekt von Feinkost-Kruse) und den unterhaltsamen Streit mit der Tochter (der verscherbelte Hof) genießen. (Von Dörtes Mutter, die schließlich noch immer den Abwasch macht, ist nur beiläufig die Rede.)

Von mir aus könnte, falls dieser Rückgriff notwendig ist, der behandelnde Psychoanalytiker wie Dr. Wenthien aussehen und mit dessen Stimme nörgelnd weise sein: »Wenn sich Ihr objektiver Wunsch nach dem Kind subjektiv mit der Angst vor einem Kind kreuzt und wechselweise sexuelle Verweigerung oder Potenzschwäche zur Folge hat, ist dann Ihre Mutterbindung, wird dann Ihre Vaterbezogenheit ... «

Aber das muß nicht sein. Wenthien muß keine Doppelrolle spielen. Oder nur, wenn er in unserem Film in weiteren Rollen als indischer Guru, als balinesischer Dorfpriester denkbar ist.

Zum Beispiel könnte er die beiden vom Hotel Kuta-Beach aus auf einem gemieteten Motorroller ins Innere der Insel Bali schicken, dorthin, wo sie paradiesisch ist. Und dort treffen Harm und Dörte unter einem heiligen, den Dorfplatz überschattenden Wairingin einen alten oder auch alterslosen Mann, der zwar in balinesischem Tuch hockt, doch von jenem Schauspieler – Schlöni schlägt Otto Sander vor – dargestellt wird, der auch den Reiseleiter Dr. Wenthien und den Psychoanalytiker in Itzehoe spielt.

Denn austauschbar sind sie alle. Unsere Komplexe, Neurosen sind Serienprodukte. Wenthien könnte Gruppendynamik dozieren oder Quelle-Vertreter sein. Lehrer wie Harm und Dörte gibt es in jeder Kreisstadt. Und Itzehoe mit seinen Sanierungsschäden, seinem Müllproblem und seiner Fußgängerzone könnte auch Tuttlingen heißen und ich weiß nicht, an welchem Fluß liegen.

Nur Brokdorf ist Brokdorf. Wie der Gemeinde, dem Kirchspiel, dem beliebten Ausflugsort als Morgengabe ein Schwimmbad geschmiert und seitab ein ummauertes Kernkraftwerk-Baugelände verpaßt worden ist und wie das Baugelände, immer idyllischer werdend, gleich hinterm Elbdeich liegt und darauf wartet, daß ein Prinz kommt, es wachküßt und den durch Gerichtsbeschluß verhängten Baustopp aufhebt: Dafür gibt es Beispiele einzig in der deutschen Märchenliteratur. Da wartet nun unser Dornröschen in seinem Drahtverhau. Dessen Lage ist exemplarisch, für Demonstrationen und Polizeieinsätze geeignet. Hierhin haben Harm und Dörte vor vier fünf Jahren mit Tausenden ihren Protest getragen. Hier wäre ihnen beinahe die Anwendung von Gewalt möglich geworden. Zeitweilig verjüngten sich beide hier. Davon reden sie immer noch gerne: »Weißt du noch, wie wir hier oben und da unten die Bullen ...« Hier ist ihr Ort.

Weit greift der Blick vom Deich über das gesperrte Gelände in die schlachtviehreiche Wilstermarsch hinein. Welthaltig weitet sich vom Deich der Blick über den bei Ebbe ausladenden Strand und die hier zur nahen Mündung hin immer breiter werdende Elbe, wie sie Großtanker, Bananendampfer, Küstenmotorschiffe von Hamburg her, nach Hamburg hin trägt. Weiter noch, bis nach drüben, wo flach (wie hier die Marsch) Niedersachsen anufert, schweift der fernsüchtige Blick. Ach, und die Wolkenbildung über soviel Fläche. Und die tintigen Sonnenuntergänge. Eine Kameraweide!

Und ungerührt von dem gesperrten, noch immer bedrohlich zukünftigen Bauvorhaben – denn am 26. November ist in Schleswig wieder Gerichtstermin – grasen die Kälber, halten die Schafe das Deichgras kurz, wechselt der Wind, lösen sich die Gezeiten ab, stellt die Natur sich dumm.

Von hier aus müssen wir, muß der Film immer neuen Anlauf nehmen; auf Brokdorf, diese Kopfgeburt, fallen wir, fällt der Film immer wieder zurück. Wer sollte uns hier die Dreherlaubnis verweigern? Welch anderen Fluchtpunkt hätten denn unsere Lehrer?

Dörte Peters ist aus existentiellen Gründen – »Weil das gegen die Natur, gegen die Menschen gerichtet ist!« – absolut, und zwar mit Argumenten dagegen, die immer »irgendwie« sind: »Dann muß man eben irgendwie einsparen oder andere Energiequellen irgendwie ausfindig machen«; Harm ist im Interesse der Arbeitnehmer – »Die werden doch immer zuerst zur Kasse gebeten!« – mit Vorbehalten dafür: »Natürlich muß zuerst die Entsorgungsfrage geklärt werden, und zwar Zwischen- wie Endlagerung betreffend, sonst läuft hier nix.«

Dörte und Harm haben Position bezogen. Ihr »Irgendwie dagegen«, sein »Vorbehaltliches dafür« reisen mit ihnen durch Asien wie die eingeschweißte Leberwurst im Naturdarm, wie der transportfähige Streit um das Kind, dessen ohnehin fragwürdige Existenz nun auch und immer mehr von der Kernenergiefrage abhängt: »Vom nächsten schnellen Brüter an, der gebaut wird, ist bei mir jedenfalls, was das Kind angeht, der Ofen aus.«

Das sagt Dörte Peters nicht auf dem Brokdorfer Elbdeich, sondern kurz vor ihrer religiösen Heimsuchung, in Bombay, wo Harm bald nach dem Slumbesuch in der vormaligen Janatha-Colony, die jetzt Cheetah-Camp heißt, Durchfall bekommt, weil er zu spät Mexaform-Plus geschluckt hat.

Ohne Gruppe (und Wenthien) sind sie nach Reiseandenken unterwegs. Und mitten im Straßengewühl, womöglich angesichts des leicht erhöht liegenden indischen Atomforschungszentrums, scheißt er sich in die Hosen, umschwärmt von Bettlern, Kindern, für die das natürlich ist, wie es ihm durch die tropenleichte Baumwolle suppt. Dörte geniert sich. Harm schreit: »Was issen dabei! Hier scheißt doch jeder hin, wo er will!«

Kindisch ausgelassen (oder sagt man: glücklich enthemmt) zappelt er in seinen verschissenen Hosen. Er fühlt sich dazugehörig. Nicht mehr fremd. Er ahnt eine neue, ihm bisher unbekannte Freiheit. Kein Einerseits-andererseits mehr. »Endlich!« ruft Harm, »Mann, tut das gut.« Er hockt sich an den Straßenrand zwischen andere Hocker. Ein Hocker bietet ihm Betel an. Er kaut Betel und wird, wie die anderen Hocker, roten Betelsaft spucken.

Schwitzend und fröstelnd steht Dörte dazwischen, dann abseits. Sie gehört nicht dazu, riecht fremd. Ihr weiß-blau gestreiftes Sommerkleid ist makellos. Sie bleibt blond, zu blond, übertrieben überragend blond, prinzipiell blond, während sich Harms Semmelblond einzuschwärzen beginnt, blauschwarz, eingeboren schwarz wird. Und auch sonst fängt er an, von den Rändern her zu verelenden, bald unkenntlich, dann unberührbar, ein Unberührbarer zu werden, von denen es in Indien, wie die Statistik weiß, über achtzig Millionen gibt.

Dörte weint, schreit, kreischt und läuft blindlings davon, von bettelnden, schorfigen, von verstümmelten

Kindern verfolgt. Dennoch erreicht sie das Hotel, wo sie in kühler Halle von ihrem tropenfrisch gekleideten Harm, der wieder blond wie Dörte blond ist, empfangen und umarmt wird.

Darüber würde ich gerne mit Born sprechen: über die Aufbereitung, die Darstellung, die Kunstfertigkeit beim Verwerten des Schreckens. Aber Nicolas Born spricht nicht mehr mit uns. Er stirbt unbeschreiblich. Er ist konzentriert nur auf sich. Wie gewohnt, wie wir ihn kennen, doch ohne Mitteilung von seinem absterbenden Ich zu machen. Er muß sich nicht mehr veräußern. Nie wieder wird er sich in Schüben entladen. Keine langzeiligen Gedichte mehr. Nie wieder um die richtigen Wörter verlegen, obgleich er weiß, daß seine verlegenen Wörter die richtigen sind. Wer könnte wie er so genau ungenau sein?

Wir und die anderen (Haufs, Meckel, Buch, Peter Schneider) fuhren vier Jahre lang alle paar Monate von Bahnhof Zoo nach Bahnhof Friedrichstraße. Mit den gefälteten Manuskripten hangelten wir uns durch die Kontrollen. Drüben endlich versammelt, nahmen wir ein Taxi zu Schädlichs raus: Rotkäppchenweg, oder zu Kunerts nach Berlin-Buch oder zur Sibylle Hentschke in das Einzimmerloch in der Lenbachstraße oder zu Sarah Kirsch ins Hochhaus mit dem Weitblick von Drüben nach Drüben.

Born war immer dabei. Er las aus seiner »... erdabgewandten Seite ...«, Schädlich las seine ihn aussperrenden, ihn einkreisenden Geschichten, Buch die Zeugnisse seiner verlotterten Talente, Sarah Gedichte zum Weinen, Kunert Ankündigungen der nächsten Eiszeit, ich las Probierstücke aus dem Schwellkörper »Butt« und Brasch aus seiner gesammelten Wut. Wenn wir nicht lasen, redeten wir uns um Kopf und Kragen. Womöglich lauerten Wanzen unter Tapeten, im Putz eingebettet. Oder es saß ein Spitzel zwischen uns, aß mit uns Würstchen, Streuselkuchen, löffelte Kohlsuppe. Der Stasi mag das alles mitgehört, von Bändern abgeschrieben und doch nichts über Literatur gelernt haben – wie die Kollegen von drüben, die man, zwecks Entschlüsselung der Texte, um Amtshilfe gebeten haben könnte. Was verstehen die schon in Ost und West von Sarahs Zeilenbrüchen, Kunerts Friedhofsbesichtigungen oder von Borns Wortbedenken? Die wittern hinter jedem Semikolon Gefahr. Die fürchten sich vor der Stille zwischen den Strophen. Die sind sich sicher, daß sie gemeint sind, in Ost wie West, wenn in verästeltem Zusammenhang (beiläufig) von Fallobst die Rede ist.

Gegen Ende unserer Treffen – das muß Anfang 77 gewesen sein: Biermann war schon ausgebürgert, Schädlichs, Sarah, Brasch, Jurek Becker kamen bald danach – las Nicolas Born den noch ungesicherten Anfang seiner »Fälschung«. Wir wußten nicht, er mochte ahnen, worauf das hinauslief.

Danach hatte der Staat das Sagen, der eine der andere. (Dem einen fällt zur Literatur das immer passende Reimwort, dem anderen nichts ein.)

Jetzt leben wir verstreut und telefonieren notdürftig. Weitere Treffen, die wir versuchten, scheiterten an den veränderten Bedingungen. Es fällt schwer, hier im

Westen so konzentriert zuzuhören. Die vielen Nebengeräusche.

Dabei würdet ihr gerne, ich weiß, eure Rohzustände, würde ich gerne meinen Rohzustand uns vorlesen: verletzlich und selbstsicher. Schädlich, was ihn so trübe gemacht hat. Sarah, wie ihre Liebe sich Knöchlein bei Knöchlein lebt. Jurek, was ihm nachhängt. Ich über Kopfgeburten und warum sie aussterben, die Deutschen.

Wir könnten über die Inhalt gewordene Form reden: wie die Vorblende die Rückblende aufhebt und alles Gegenwart wird. Wenn Dörte und Harm Peters ihre Kindheitserinnerungen, die dumpfen Fünfzigerjahre, in ihren Studentenprotest – »Weißt du noch, als der Asta ...« – sickern lassen und ihr Veteranengeplauder ins Präsens, von Kiel und Neumünster über Itzehoe auf die Insel Bali verschleppen. Oder wenn sich die beiden, während sie noch am Attentat auf Dutschke kauen, in Situationen vorwegbringen, die schon wie ausgemacht sind: seine aufklärenden Dritte-Welt-Vorträge, ihr Beschluß, wenn Schmidt und Genscher nicht aufhören, wie vernagelt auf Kernenergie zu setzen, doch noch zu den Grünen zu gehen: »Das Risiko Strauß muß man wagen!«

Oder ich frage euch – Nicolas, dich –, ob diese verdammte Leberwurst, die mir immer tatsächlicher wird, zu Hause bleiben oder mit allen Nebenhandlungsfolgen nach Asien eingeflogen werden soll? Könnte er nicht, der langsam gammelnde Fremdkörper, Harms Irrwege markieren?

Schon auf der Polizeistation Denpasar, nach des Schulfreundes Adresse fragend, macht er sich verdächtig. Wenthien reicht ihn (mit der Wurst) über mehrere, natürlich chinesische Zwischenhändler weiter, ohne daß Harm den sich anbahnenden Waffenschmuggel ahnt. Er bucht sogar für sich (samt einigen ihm als Gepäck unterschobenen Kisten) einen Charterflug zur Insel Timor. Aber landet er bei den Aufständischen? Und was sagt Dörte dazu? Oder wird er schon auf dem Flughafen Denpasar verhaftet, dann verhört? Soll dabei die Leberwurst der Länge nach aufgeschlitzt oder nur einer Stichprobe unterworfen und der Einstich in die Frischhaltefolie später mit Hansaplast verklebt werden? Und praktisch gefragt: Hält eine deutsche Leberwurst das alles aus? Muß schließlich, damit es wieder zum Kind Ja, zum Kind Nein kommt, Wenthien als rettender Engel Harms Untersuchungshaft beenden?

Doch Nicolas Born wird nie wieder meine Bedenken durch seine aufheben. Unsere Fiktionen wollen sich nicht mehr vergleichen lassen. Ihn läßt kalt, was meinen Schweiß treibt. Ein Jahrzehnt jünger als ich, ist er nie einem Fähnleinführer gefolgt, stand er bei Fahnenschwüren nicht in Reih und Glied, sind meine Spekulationen, die sich Schuld, Mitschuld, Täterschaft einhandeln, nicht seine Ängste; denn sobald ich mich, inmitten meiner Kopfgeburten, um zehn Jahre zurückdatiere und vom Jahrgang siebzehn bin, ist er nicht dabei, wenn ich im Frühjahr einundvierzig als Fallschirmjäger (neben Max Schmeling) auf Kreta lande und auch den Rest, alles (ohne ihn) mitmache, schreibend, auf Wörter versessen: nicht nur Gedichte zu Führers Geburtstagen und Hymnen auf dorische Säulen sind mir gegenwärtig, auch Partisanenerschießungen, die mich stumm machen, und die Liquidierung eines ukrainischen Dorfes, das ich geduckt im Schnee vor mir sehe, kurz bevor wir es ausräuchern: laut Befehl...

»Was haben denn wir damit zu tun?« schreit Harm seine Dörte an. »Wir sind nach der Scheiße geboren. Wir haben ganz anderen Mist zu verantworten. Doch überall fragt man uns, ob es bei uns wieder Nazis gibt. Als würde sich alle Welt das wünschen. Nein! Wir haben andere Sorgen. Nicht diese ewige Dazumalkacke. Sondern was morgen ist. Wie wir das hinkriegen, die achtziger Jahre. Und zwar ohne Strauß. Der, der ist auch nur von vorgestern. Der will noch immer Stalingrad halten.«

5

Die, wie man sagt, vor uns liegenden achtziger Jahre: Sie haben schon begonnen, wenn Harm und Dörte reisen. Ich schreibe im November 79 und will die erste Fassung der »Kopfgeburten« am Silvestertag beenden, kurz bevor unsere Gäste zu Fleisch und Fisch kommen.

Bald schlägt uns allen Orwells Jahrzehnt. »Nein, lieber George«, könnte ein anderes Buch beginnen, »ganz so schlimm wird es nicht oder ganz anders schlimm und in Teilbereichen ein wenig schlimmer sogar.«

Zum Beispiel die täglich einander löschenden Nachrichtenschübe. Wir wissen und vergessen alles bis zu den Stellen hinterm Komma genau. Mit altbekannter Fistelstimme lehrt uns die Vernunft, den neuesten Wahnsinn als relativen Fortschritt zu begreifen. Es muß uns einleuchten, daß nur Aufrüstung die allseits ersehnte Abrüstung einleiten kann. Um unserer Demokratie Erkenntnisse zu vermitteln, wird jedermann an Rastersysteme verfüttert, und dem Energiemangel begegnen wir mit gesteigerter Produktion. Wir schlukken Tabletten gegen Tablettenschäden. Unsere Feiertage sind Anlässe für Konsum, unsere Jahreszeiten enden in Schlußverkäufen. Und schlau sind wir: um die Lebensmittelpreise in dieser regional überfressenen, doch weithin unterernährten Welt stabil zu halten, türmen wir Butter- und Schweinefleischberge. Daß die statistische Zahl von jährlich fünfzehn Millionen verhungernder Kinder in Praxis zu überbieten ist, beweisen die kambodschanischen Abgänge für das zu Ende gehende Rechnungsjahr. Weil wir für jeden Schrecken passende Wörter finden, deckt das Wort »Versorgungslücke« auch den vielstelligen Tod ab. Doch haben wir einen neuen, einen polnischen Papst, der so unfehlbar wie der persische Khomeini ist. Allgemein mangelt es nicht an großen Führerfiguren: ein bigotter Prediger in Washington und ein kranker Biedermann in Moskau lassen entscheiden, was sie der Welt als ihre Entscheidung kundtun. Natürlich gibt es (als Markenzeichen des Heils) noch immer den guten alten Kapitalismus und den guten alten Kommunismus: nur werden die beiden, dank ihrer altbewährten Feindschaft (was du vorausgesehen hast, lieber George), einander immer ähnlicher: zwei böse Greise, die wir lieben müssen, weil ihre uns angetragene Liebe unabweisbar ist. Big Brother hat einen Zwilling. Allenfalls läßt sich darüber streiten, ob die Big-Brother-Zwillinge eineiig oder zweieiig über uns wachen.

So jammern wir uns ins nächste Jahrzehnt. In Schulaufsätzen und Erstlingsromanen wetteifert Düsternis. Bevor es anfängt, wird mit dem Leben abgeschlossen. In tausend Frühstücksgedichten täglich kotzen sich unsere Poeten aus: lauter Meister im vierfachen Salto der Sinnlosigkeit und in weiteren Disziplinen. Es ist schon so: seitdem die Aufklärung als Heilige Kuh trokkensteht, ist dem Fortschritt kein Saft mehr abzumelken. Aussteigen wollen unsere Streichelkinder, sobald ihnen die Fahrtkosten ihrer Umwege zugesichert sind. Wehleidig flüchten die Revolutionäre von gestern (unter Protest) ins Beamtenrecht. Und jeder behauptet, als gehöre sich das, Angst zu haben. Schon gibt es Schulen, die Angst und ihre Überwindung gruppendynamisch zu lernen. In fröstelnder Gesellschaft versuchen wir es mit Eigenwärme. »Einigeln«, sagt man einander zur Begrüßung: »Wir igeln uns sachte ein.« Noch schnell das Sparauto entwickeln, alles mit Wärmedämmung verkleiden, der Phantasie (im Hobbyraum) schalldichten Auslauf sichern, den Vorrat Musik (E oder U) aufstocken und sich, in Erwartung des Kommenden, paar hübsche Alternativen ausdenken: Wenn nur noch die echten Bedürfnisse ... Wenn jeder nur so viel, wie er... Wenn keiner mehr, als ihm fehlt... Wenn ich, vorausgesetzt daß ... Wenn also nichts mehr auf demokratische Weise... Wenn sich die Demokratie als untauglich... Wenn du oder angenommen ich ... Wenn ich, nur noch ich das große Sagen hätte ...

Einmal Diktator sein. Jetzt bald, ab Silvester. Gleich zu Beginn der achtziger Jahre. Der kleine, private, ganz tief orgelnde Urtraum, den (wie andere Urträume) alle haben: Fliegenkönnen, Durchwändegehen, Immerkindbleiben, Unsichtbarsein, den lieben Gott spielen, elf Frauen nacheinander, die Zukunft wissen, Bergeversetzen, das Sagen, das unwidersprochene, das uneingeschränkte Sagen haben.

Nur auf ein Jahr. Mir würde das schon reichen. Danach könnte wieder normale Demokratie meine Wohltaten mildern. Ich will ja nicht alles, nur dies und das abschaffen. Mit dem Eigentum ginge ich um, wie schon seit langem mit meinem und anderer Leute geistigem Eigentum umgegangen wird: siebzig Jahre nach dem Tod des Urhebers (das bin ich) werden seine (meine) Rechte gemeinnützig; und diese Wohltat will ich (als Diktator) auf jeden erworbenen oder ererbten Besitz, ob Haus, Fabrik oder Acker, kraft Gesetz ausdehnen, so daß nur noch die Kinder und halbwegs die Enkel erben und nutznießen müssen. Die folgenden Nachgeborenen bleiben ohne Erblast, sind frei von Urgroßvaters Vermächtnis und können frischweg von vorne ...

Da ich kein Pazifist bin, müßte ich als Diktator nicht die Bundeswehr abschaffen, aber umrüsten würde ich sie zu einer leicht beweglichen Partisanenarmee, mit der jede Besatzungsmacht auf Dauer zu rechnen hätte. Dieser Partisanenarmee wären auch Frauen und Kinder dienstverpflichtet, desgleichen alle Haustiere und Oma und Opa, weil meine Partisanenarmee sich nicht auf herkömmliche Kampfmethoden verläßt, sondern den sanft beharrlichen, zermürbenden, in jede Stimmung gebetteten, den intimen und familiären, den nachgiebig weichen, deshalb nie zu brechenden Widerstand zu entfesseln versteht; so ist Rom geschwächt und aufgesogen worden.

Natürlich würde ich als Diktator auch populär handeln und jeden Richter ein Zehntel aller Haftstrafen absitzen lassen, die er verkündet hat. Das Energieproblem wäre, nach meinem Diktat, durch nächtliche Stromsperre und durch Maßnahmen zu mildern, die alle Stadtgebiete vom Autoverkehr befreiten. Außerdem würde ich (mit der Neigung des Diktators zu kleinen Späßen) die in Deutschland von altersher gebräuchlichen Zipfelmützen wieder einführen: für das Nächtigen in ungeheizten Schlafzimmern; worauf sich erweisen könnte, daß Stromsperre und Zipfelmütze geeignet sind, den deutschen Bevölkerungsschwund ins fruchtbare Gegenteil zu kehren.

Da ich in Kenntnis aller gescheiterten Schulreformen die allgemeine Schulpflicht aufheben würde, gäbe es bald wieder unverbildete Kinder, die sich aus ungehemmter Leselust durch dicke Bücher buchstabieren. Und reisende Hauslehrer gäbe es und entsprechende Liebesgeschichten. Landesweit wäre für die Dauer der achtziger Jahre jedes pädagogische Gespräch, die mündliche oder schriftliche Verbreitung von alten oder neuen bildungspolitischen Konzepten, ferner allgemein die Wörter Lernziel, Erziehungswesen, Didaktik, Curriculum, Bundesbildungskonferenz, einschulen, verschulen und umschulen, überhaupt alle dem deutschen Bildungswahn zuzuordnenden Wörter verboten.

So bliebe nur noch – nach Entlastung der Lehrer – das Beamtenrecht allgemein abzuschaffen. Damit wäre der Bundesrepublik Deutschland – denn nur für sie sehe ich mich als Diktator zuständig – eine weitere, das schöne Land entkrampfende Wohltat erwiesen. »Hiermit gebe ich«, hieße es in meinem »Amnestie« genannten Erlaß, »diesen armen, seit Jahrzehnten um jedes Risiko betrogenen Menschen die Freiheit wieder. Nie wieder sollen sie hoffnungslos bis an ihr Lebensende versorgt sein. Sie sollen sich nicht mehr ihrer Privilegien schämen müssen. In Zukunft darf kein Vorrecht sie isolieren. Endlich dürfen auch sie vom süßen

Wagnis Leben kosten.« Womöglich ließe ich mich, Kaiser Wilhelm variierend, zum Wort der achtziger Jahre hinreißen: »Ich kenne keine Beamten mehr, ich kenne nur noch Deutsche!«

Und mein Vorschlag an den östlichen Nachbar-Diktator hieße: Es sollten die beiden deutschen Staaten alle zehn Jahre ihr System tauschen, so daß sich, im Sinne ausgleichender Gerechtigkeit, die DDR im Kapitalismus erholen, die BRD im Kommunismus entschlacken dürfen, wobei – bei strikter Wahrung der gemeinsamen Grenze – eine übergeordnete (gesamtdeutsche) Behörde die Rückgabe von Eigentum und die Enteignung der Produktionsstätten zu ordnen hat...

Damit wäre ich schon, von einigen kleinen, aber drastischen Nebenerlassen abgesehen, als Wunschdiktator erschöpft. Viel ist das nicht, mag manch einer sagen, und ohne Perspektive diktiert. Ich gebe aber zu, daß mir diese wenigen Verbesserungen vorerst genügen, zumal Harm Peters auch endlich das Sagen haben, der große Diktator – »Und sei es nur auf ein Jährchen« – sein möchte.

Dörte hat ihn dazu ermuntert. Auf einem ihrer Ausflüge, diesmal zum Vulkan in der Inselmitte, gelang es ihr (wieder einmal), ihren Harm zum Clown zu machen. So, außer Rand und Band, zwischen den Lavabrocken herumspringend, mag sie ihn besonders: das große Kind. Der ewige Junge. Ein nordischer Bilderbuchheld, der mit einem Knüppel gegen Dämonen und Riesen, mit bloßem Maul gegen eine Welt voller Teufel kämpft.

Da die Reisegruppe nach einem Vortrag Wenthiens – »Noch 1963 forderte der Gunung Agung fünfzehntausend Menschenleben...« – eine halbe Stunde Wegstrecke unterhalb des Vulkans bei Limonensaft Mittagsruhe hält, sind die beiden sich und ihren Faxen überlassen. Während Dörte aus Lavagestein ein Tempelchen türmt und pflichtschuldig auch hier ein Reisschälchen, zwei drei Orangen, eine Handvoll Pinienkerne als Opfergaben deponiert, beginnt Harm die Akustik des gipfelwärts umwölkten Naturtheaters zu erproben: »Ich, Harm«, ruft er, »bin gekommen, euch Geistern, Dämonen, den Kampf anzusagen! Jeglichen Aberglauben will ich ausrotten. Kommt raus! Zeigt eure Fratzen! Mir meine Jungfrau klauen wollen! Ich will euch teutsche Art lehren. Sieben auf einen Streich. Einer gegen alle. Ritter, Tod und Teufel!«

So komisch Dörte Harms Bocksprünge findet, ganz geheuer ist ihr sein Reden nicht. »Bitte, Harm«, ruft sie, »wir sind hier nur Gäste. Du bist doch sonst tolerant. Und der Vulkan, ich meine, es könnte ihn reizen. Kannst du nicht wen anders, was anderes befreien? Na, die unterdrückte Gesellschaft oder das arme geteilte Vaterland. Los, Harm, mach mal. Wenn du das Sagen hättest in Deutschland. Na, als Diktator, weil die Demokratie sowieso bald im Eimer ist.«

Und Harm hört aufs Stichwort. Er, der penible, der Musterdemokrat, dem alles abstimmungswürdig wird und jeder vernünftige Kompromiß als heilig gilt, er, dem das Wort Basisdemokratie siebenmal am Tage geläufig und die Einerseits-Andererseits-Formel Prinzip ist, er, der (mit Rosa Luxemburg im Munde) jederzeit für das Recht des anders Denkenden einzutreten bereitsteht, er paßt sich die Rolle an und wird zwischen Lavagestein zum großen Diktator.

Natürlich bin ich im Spiel. Nie würde ich zulassen, daß Harm Peters seine Machtfülle mißbraucht, indem etwa er die sich demokratisch nennenden Parteien verbietet. Doch mit Zustimmung hören Dörte und ich, daß Harm die Kirchensteuer abschaffen will. »Wahrlich«, ruft er gegen den umwölkten Vulkangipfel, »die Kirche muß wieder arm werden, wie Jesus Christus arm gewesen ist!« Doch streicht er die Kirchensteuer nicht ersatzlos: »Anstelle wird, so befehle ich, eine gleichhohe Progressionssteuer erhoben, die den Staaten der Dritten Welt zugute kommt. Doch nicht für den Bau von klotzigen Industrieanlagen – o nein! Landwirtschaftliche Entwicklungsprojekte sollen Vorrang haben, damit die Landflucht und mit ihr die Verslumung der Großstädte ein Ende finden.«

Dörte ist begeistert. »Heil Harm!« ruft sie. Doch sobald ich versuche, meinen die Schulpflicht aufhebenden Diktatorerlaß auf den Diktator Harm zu übertragen, protestiert die Studienrätin leidenschaftlich: »Das wirft uns um Jahrhunderte zurück. Davon profitieren nur wieder die Privilegierten.«

Da auch Harm nicht so recht zu meinem Erlaß steht, der die wahre, durch keinen Schulzwang gehemmte Leselust und den produktiven Müßiggang fördern soll, unterschiebe ich ihm die Abschaffung der Beamten, den radikalen Strich durchs deutsche Beamtenrecht: Das wäre Revolution! Das ließe den gestauten Mief entweichen! Endlich käme Luft in die Bude!

Nach einigem Zögern – schließlich sind Harm und Dörte als Lehrer beamtet – verschreibt er dem westdeutschen Volk diese seit langem dringliche Radikalkur, die er mit meinen Worten »Die Befreiung der Beamten von der Last ihrer menschenunwürdigen Vorrechte« nennt. »Ja!« schreit Dörte, »wir Lehrer wollen frei sein. Erlöse uns, großer Harm, vom Beamtenrecht!«

Es überrascht mich dann doch, daß weder Harm noch Dörte auf die Bundeswehr im Nato-Bündnis verzichten wollen und meine subversive, leicht bewegliche, jeden Okkupanten zermürbende Partisanenarmee als Alternative ablehnen. Zwar kündigt Harm meine Idee an: »Eine auf langjährige Partisanentätigkeit konzipierte Verteidigung würde die Sowjetunion nachhaltiger abschrecken als unser geplanter Raketenzauber...« Aber sein Einwand gegen die subversive Strategie überzeugt am Ende auch mich: »Den Deutschen widerstrebt das Partisanenwesen. Sie wollen nicht listig im Untergrund überleben, sondern, wenn es sein muß, in offener Feldschlacht zugrunde gehn.«

Jedoch entwickelt der Diktator Harm, anstelle meiner schlauen Idee, eine verblüffende: »Es bleibt bei Bundeswehr und Nato-Bündnis. Auch werden wir die Abrüstung durch Aufrüstung vorantreiben. Nur wird, laut sofortigem Erlaß, die gesamte militärische Ausrüstung der Bundeswehr, vom Geschütz bis zur Rakete, vom Lenkwaffenzerstörer bis zum Allwetterjäger, durch minutiös nachgebildete Attrappen ersetzt, so daß dem Gegner mit unserem Verteidigungswillen auch unsere radikale Absage an den Krieg als Mittel der Politik demonstriert wird. Niemand wird es wagen, gegen unsere theoretisch weit überlegenen Papp-Panzer, gegen unsere Tod und Verderbnis vortäuschenden Raketen-Modelle, gegen unsere kunststoffgefertigten Abschrekkungskulissen anzutreten. Er würde sich lächerlich machen. Niemand macht sich freiwillig lächerlich, auch der Russe nicht. Übrigens wird diese Umrüstung Hunderttausende neuer Arbeitsplätze schaffen.«

Und selbst nach dieser epochalen Rede bleibt Harm am Zug. Dörte bewundert ihn, wie er in meinem Sinn die Energieprobleme der achtziger Jahre löst. Windkraft und Wärmepumpen, riesige Sonnenkollektoren und ein rigoroses Energiesparprogramm finden ihren Beifall. Sogar einige wenige Kernkraftreaktoren will sie für die Übergangsphase, wenn auch maulend nur, zulassen. Seinen Vorschlag, allen pazifischen Vulkanen, darunter dem schrecklichen Gunung Merapi auf Mitteljava und dem hiesigen Gunung Agung, die zerstörende Kraft abzuzapfen und als Energie zu speichern, nennt sie grandios; doch sobald sich der große Diktator Harm Peters der deutschen Frage und ihrer Lösung zuwendet, erstarrt sein Weib: Was will er? Das kann doch nicht sein Ernst sein. Und alles die beiden deutschen Staaten betreffend.

Denn Harm verkündet nun (nachdem er meinen »Systemwechsel im Zehnjahresrhythmus« abgelehnt hat) als gesamtdeutscher Diktator sein, wie er sagt, »Mittelfristiges Programm zur dauerhaften Lösung der deutschen Frage«.

Aus einem geborstenen, im Lavafeld erstickten Baum diktiert er: »Freiwillig entschließt sich das deutsche Volk in beiden deutschen Staaten ab sofort zum widerspruchslosen und sozial gesicherten, zum heiteren, jawohl zum heiteren, weil die Menschheit beglükkenden Aussterben. Kein Kind wird mehr gezeugt. Jede versehentliche Schwangerschaft wird unterbrochen. Dennoch geborene Babys werden ausgebürgert und nach Asien zur Adoption freigegeben. Der deutschen Devise ›Alles oder nichts‹ folgend, wird das Nichts zum Ziel erklärt. Nach biblischem Zeitmaß, also nach siebzig Jahren, und wenn es hochkömmt, nach achtzig, hat das deutsche Volk – und zwar hochgemut – aufgehört zu existieren. Seine Institutionen, sein Rechts- und Verwaltungswesen, seine Ansprüche und Verschuldungen werden für nichtig erklärt. Das entstandene Vakuum wird der Natur überantwortet. Wald und Heide gewinnen Raum. Die Flüsse atmen auf. Endlich hat die deutsche Frage eine Antwort gefunden, die dem deutschen Wesen und dessen Hang zur Aufopferung entspricht. Selbstverständlich können sich Österreicher und Deutschschweizer diesem mittelfristigen Selbstaufgabeprogramm anschließen, müssen aber nicht. Meine Lösung ist eine kleindeutsche. Der verhängnisvolle kriegerische Ruf ›Deutschland wird leben, wenn wir auch sterben müssen!‹ hat letztlich eine friedfertige Sinngebung gefunden. Es lebe unser aussterbendes Volk!«

»Nein!« Dörte spielt nicht mehr mit. Ihre Verweigerung entmachtet den Diktator Harm. Sie fleht den Vulkan an, Einspruch zu erheben: »Großer, heiliger Gunung Agung, hast du das gehört!? Sag ein Wort. Stopf ihm das Maul!«

Weil der Berg schweigt, muß Dörte das besorgen. »Damit scherzt man nicht«, sagt sie. »Jetzt, wo ich mich endlich entschlossen habe, ein Kind auszutragen.« Sie tastet ihren Leib ab, als sei sie schon schwanger. Sie sagt: »Ich habe ein Recht auf ein Kind.« Sie weint inmitten der erkalteten Lavamassen. Und selbst Harms halbherziger Vorschlag, erst nach der Geburt eines gemeinsamen Kindes den Beginn des deutsch-völkischen Aussterbens zu datieren, will ihr nur kleiner Trost sein. Harm muß versprechen, nie wieder Diktator spielen zu wollen. Und Harm verspricht mit großer Geste. Doch schon das nächste, ihm abverlangte Versprechen, endlich vom Kind Nein Abschied zu nehmen, sich zum Kind Ja zu bekennen – »Und zwar sofort, hier, Harm, auf Lava gebettet!« –, macht ihn kleinlaut.

Das treibt ihn bergab. Er will nicht, kann nicht, will nicht wollen, will nicht können. Laufend, springend über Geröll, hören wir ihn schreien: »Nein! Wir sind schon genug! Aussterben! Langsam aussterben! Einmal muß Schluß sein! Mit dieser Fortschreibung! Mit dieser ewigen Rentenversicherung! Mit diesen mittelfristigen Perspektiven!«

Doch Dörte, die ihm langsam bergab folgt, hat sich schon wieder gefangen. So ist sie, die Bauerntochter: stark. »Schrei nur, Junge. Schrei dich nur aus. Am Ende wirst du. Du wirst, weil ich will. Weil mich die Göttin berührt hat. Weil ich gesegnet bin. Hier überall.« – Worauf sie sich eine Fledermaus aus den Haaren löst und unterm gerafften Kleid eine Schlange zeigt, die sich um ihr linkes Bein geringelt hat. Lächelnd, während man Harm noch immer bergab schreien hört, hängt sie die Fledermaus in einen aus dem Lavafeld treibenden Baum. Die Schlange gleitet ihr – falls der Film das herstellen kann – vom Bein über den Sandalenfuß und verschwindet anzüglich in einem Felsspalt.

Das wird nicht gestrichen. Die Fledermaus im Haar und die Schlange ums Bein sind genauso real wie die Abrüstung durch Aufrüstung und das deutsche Beamtenrecht. Schließlich hat Dörte das alles erlebt, und Harms Superachtfilm, der zuvor ihre Rückkehr aus der Fledermaushöhle festhielt, läßt, weil leicht verwackelt, die erste Heimsuchung durch eine Fledermaus in Dörtes Blondhaar immerhin erahnen. Hiermit soll nicht ein den Film beschließender, katholischer Gnadenbeweis eingeleitet, also Dörte Peters' »Unbefleckte Empfängnis« glaubhaft gemacht werden, doch möchte ich weitere, dem Wunder angenäherte Erscheinungen nicht ausschließen, solange Harm und Dörte auf Bali sind.

Zum Beispiel erwartet Dörte allabendlich auf dem Hotelbalkon die Fledermaus; und sie kommt, nistet sich in ihr Haar; worauf Dörte in ihrem Tagebuch festhält: »Soeben besucht mich wieder das göttliche Tier. Jeden Abend Verheißung. Oh, lieber Harm, wenn du wüßtest, wie dumm deine Vernunft ist ...«

Zum Beispiel fällt Harm, als die Reisegruppe einer balinesischen Tanzveranstaltung beiwohnt, während des berühmten Feuertanzes wie der Tänzer, der barfuß das glühende Reisstroh zu Asche tanzt, plötzlich in Trance und kann nur mit Mühe zurückgehalten werden, gleichfalls barfuß im Feuer zu tanzen. Schließlich wird er von Dr. Wenthien und dem Finanzbeamten aus Wilhelmshaven zu jenem VW-Bus geleitet, den die Reisegesellschaft »Sisyphos« auf Bali für Exkursionen bereithält.

Doch das sind nur Episoden, die dem Film als Zwischenschnitte dienen und nicht erklärt werden müssen. Erst eine Vorblende, die Dörte als Rednerin während einer Wahlveranstaltung im Kreis stattlicher Damen zeigt, macht deutlich, daß eine Fledermaus, die plötzlich im Haar der freidemokratischen Referentin hängt, in Itzehoe als Fremdkörper und nicht als Argument für die Fortsetzung der sozialliberalen Koalition empfunden wird.

Die kreischenden Damen im Café Schwarz beruhigen sich erst, nachdem ihnen Dörte die Fledermaus als Inkarnation aller Schrecken der achtziger Jahre erklärt hat. Worauf sie sich das Nachttier gelassen aus dem Haar nestelt, seitlich ein Fenster des Versammlungsortes öffnet und die Fledermaus in den Spätsommerabend entläßt. »Damit, meine Damen«, sagt sie, »wollte ich Ihnen nur demonstrieren, daß wir den Gefahren des gerade beginnenden Jahrzehnts entschlossen begegnen müssen.«

Beifall der stattlichen Hausfrauen und berufstätigen Damen beendet diese Vorblende, denn nach weichem, wenn Schlöndorff will, hartem Schnitt sind wir wieder auf Bali, wo eine Fledermaus im Haar keiner rationalisierenden Erklärung bedarf, sondern als so natürlich begriffen wird, wie man in Deutschland eine in Klarsichtfolie eingeschweißte Leberwurst als natürlich begreift.

Da ist sie wieder und erregt auf Bali Verdacht. Harm will von ihr nicht lassen. Immer noch sucht er seinen Schulfreund, den guten alten Uwe, der so gerne leicht angeräucherte, den Naturdarm füllende, grobe Leberwurst fraß. Schwer fällt es Harm, sich und die Wurst der indonesischen Polizei zu erklären. Außerdem sieht der verdächtige Gegenstand in seinem Frischhaltebeutel mittlerweile recht angegriffen aus: er schwitzt. Gäbe es nicht Dr. Wenthien, der es versteht, Harm und seine doppelt gefährdete Delikatesse aus jedem Verdacht herauszureden, müßte die Wurst eine Stichprobe aushalten und mit Hansaplast geheilt werden.

Endlich dürfen sie mitsamt dem deutschen Mitbringsel gehen. Bei Fruchtsaft im Schatten, wobei der nach Asien eingeflogene Fremdkörper dennoch annähernd dreißig Grad feuchttropischer Wärme ausgesetzt bleibt, erklärt sich Dr. Wenthien knapp und doch weitläufig: »Auf Bali, lieber Freund, ist alles Faßbare nicht da; was aber da ist, bleibt unfaßbar. Zum Beispiel Ihr Schulfreund, dieser Herr Jensen. Ich kenne ihn gut, und doch gibt es ihn nicht. Übrigens läßt er Sie grüßen. Und auch für seine Schwester, die daheim Ihre Katze in Pension genommen hat, trägt er Grüße auf. Darüber hinaus rät er Ihnen, immer schön fleißig dem deutschen Bildungswesen verpflichtet zu bleiben und die Leberwurst, für die er herzlich Dank sagt, als Symbol der Vergänglichkeit zu begreifen. Sollten Sie aber dennoch, das sagt Ihr Freund, von einer persönlichen Übergabe des Holsteiner Leckerbissens nicht absehen wollen, bestehe Gefahr, daß die dann notwendige und um einige schwergewichtige Kisten bereicherte Transaktion ein Risiko in sich berge. Sie könne einen deutschen Studienrat und obendrein Sozialdemokraten gefährden, dem revolutionäres Tun sonst allenfalls Papier bleibe. Mit anderen Worten, lieber Herr Peters – das rät auch Ihr Freund –, lassen wir bitte die Leberwurst auf sich beruhen. Sie sollten sich Aufgaben stellen, die Ihnen gemäß sind. Nicht die überaus verlustreichen Kämpfe auf der Insel Timor müssen Sie bestehen, sondern den heimischen Wahlkampf. Wie sagt man zu Hause: Die Probleme der vor uns liegenden achtziger Jahre.«

Damit, so hoffe ich, sind wir die Leberwurst los. Sie hat sich als nicht handlungsträchtig genug erwiesen. Übrig bleibt das seit langem angereicherte Bündel mittelgroßer Konflikte und zugespitzter Krisen, dessen Verschnürung nun nachzugeben beginnt: eine schöne Bescherung!

Und ähnlich besorgt spricht sich Dr. Wenthien aus. Anläßlich einer die Reisegruppe versammelnden Einblendung – er weist auf den Kunstbau der weithin terrassierten, jährlich mit drei Reisernten gesegneten Landschaft – sagt er: »Gewiß: ein Paradies! Nehmen Sie es zur Kenntnis, meine Damen und Herren, bevor die allgemeine Austreibung beginnt.«

Und wie wird sich Sisyphos in Orwells Jahrzehnt verhalten? Soll sein Stein rationalisiert, wird sein Stein wegrationalisiert werden?

Immer wenn Harm Peters das einem antiken Vasenbild entnommene Signum der Reisegesellschaft, den Steinwälzer, auf der Tür ihres VW-Busses betrachtet, neigt er zu philosophischen Nachdenklichkeiten: Er vergleicht die Arbeit und geistige Haltung des Sisyphos mit den Aufgaben und der Ethik des demokratischen Sozialismus. »So seh ich mich, Dörte. Genau so. Raufgewuchtet den Stein, plumps liegt er wieder unten. Wieder rauf, nochmal runter. Immerzu. Lebenslang. Ich meine, kaum hat man irgendeine Reform über die Runden gebracht und denkt, Donnerwetter, ist doch ne Sache, da ist schon das nächste Reförmchen fällig. Das hört nicht auf. Nie, sag ich dir, nie wird das aufhören. Immer wartet unten der Stein.«

Womöglich ließe sich Harm sogar als Sisyphos ins bewegte Bild bringen, indem er seinen existentialistischen Reformismus mit einem ziemlich großen Brokken auf jenem bergigen Lavafeld bergauf demonstriert, das ihn zuvor als Diktator erlebt hat. (»Hier, Dörte«, stöhnt der schuftende Harm, »das ist die Rentenreform im siebten Anlauf.«)

Oder wir sehen ihn einen enormen Feldstein den Brokdorfer Deich hochwuchten (das Entsorgungsproblem!), sehen, wie der Stein, kaum hat ihn Harm oben, aus innerem Antrieb (in Zeitlupe) unruhig wird, selbsttätig wieder deichabwärts rollt, sehen Harm abermals und abermals Hand anlegen, während Dörte ihm zuruft: »Los, Harm! Nicht aufgeben! Du schaffst das schon. Und nochmal. So, nur so zwingen wir die achtziger Jahre. Die große Herausforderung annehmen. Schlappmachen ist nicht drin. Los schon! Nicht nachlassen. Zupacken! Ja sagen zum Stein. Hier, hier! Das sagt selbst unser Reiseprospekt: ›Darin besteht die ganze verschwiegene Freude des Sisyphos. Sein Schicksal gehört ihm. Sein Stein ist seine Sache.‹«

Und Harm hört auf Dörte und auf Camus. Ihn kann Orwell nicht schrecken. Harm ist der absurde Held wider das Absurde, er ist der Held der Geschichte.

Mitten im Krieg, 1943, hat Albert Camus seinen Essay veröffentlicht. Ich las den »Mythos von Sisyphos« Anfang der fünfziger Jahre. Doch vorher schon, ohne Kenntnis des sogenannten Absurden, dumm, wie mich der Krieg entlassen hatte, war ich, der Zwanzigjährige, mit allen Seinsfragen und also mit dem Existentialismus auf du. Und als mir dann später der Begriff des Absurden zur Person wurde, als ich (angeekelt vom christlich-marxistischen Hoffnungsquark) den heiteren Steinwälzer als jemanden verstand, der zum vergeblichen Steinewälzen, zum Spott auf Fluch und Strafe einlud, suchte ich meinen Stein und wurde glücklich mit ihm. Der gibt mir Sinn. Der ist, was er ist. Kein Gott, keine Götter nehmen mir den; es sei denn, sie kapitulierten vor Sisyphos und ließen den Stein auf dem Berg. Langweilig wäre das und keinen Wunsch wert.

Was aber ist mein Stein? Die Mühsal der nicht ausgehenden Wörter? Das Buch das dem Buch das dem Buch folgt? Oder die deutsche Fron, das bißchen Freiheit für Steinewälzer (und ähnlich absurde Narren) immer wieder bergauf zu sichern? Oder die Liebe samt ihrer Fallsucht? Oder der Kampf um Gerechtigkeit gar, dieser so mühsam berggängige, dieser so leichthin talsüchtige Brocken?

Das alles macht meinen Stein rund und eckig. Ich sehe ihn auf der Kippe, bin seinem Abstieg in Gedanken voraus. Er enttäuscht mich nie. Er will von mir nicht, ich will von ihm nicht erlöst werden. Menschlich ist er, mir angemessen und auch mein Gott, der ohne mich nichts ist. Kein himmlisch Jerusalem kann sein Tauschwert sein, kein irdisches Paradies ihn unnütz machen. Deshalb verlache ich jede Idee, die mir die letzte Ankunft, die endliche Ruhe des Steins auf dem Gipfel verspricht. Aber auch den Stein, der mich zum Helden des Aberundabermals machen will, lache ich aus. »Schau, Stein«, sage ich, »so leicht nehme ich dich. Du bist so absurd und mir so gewohnt, daß du zum Markenzeichen taugst. Mit Sisyphos läßt sich werben. Mit dir läßt sich reisen.«

6

Der Erste Weltkrieg wurde, so heißt es, in der serbischen Stadt Sarajewo gezündet, der Zweite Weltkrieg in meiner Heimatstadt Danzig ausgelöst: jetzt soll sich Teheran eignen. Alle Welt spricht, sobald sie nicht über Familienkram und Sportergebnisse redet oder vom Goldpreis und seinen Sprüngen plappert, anhaltend über die anhaltende Geiselnahme, den lokalisierten Ernstfall. Es stimmt, so weit hat es die Menschheit gebracht: sie kann bis drei zählen.

Soll ich nun, weil die amerikanische und russische Macht uns das Zittern lehrt und uns (seit Vietnam und Prag) ihre Moral diktiert, meine Wortspiele aufgeben, alle überschüssige Heiterkeit versauern lassen, den Musen kündigen und meinen Kopfgeburten, bevor sie Mama und Papa krähen lernen, die – zugegeben – irrwitzigen Lebenslichter ausblasen? Das hieße, der dummen Macht Respekt erweisen. Ihre Stinkmoral gelten lassen, hieße das. Das hieße, Folgerichtigkeiten zu akzeptieren, die das serbische Sarajewo berüchtigt gemacht und meine Heimatstadt Danzig zerstört haben; während ich, mit Wörtern nur, die Stadt Danzig, die heute Gdańsk heißt, wieder entstehen ließ. Keiner der Mächtigen kann mir das Wasser reichen. Lächerlich sind sie und Pfuscher obendrein. Hochmütig spreche ich ihnen die Kompetenz ab, mich beim Schreiben zu stören.

Es soll nämlich (wie in meinem Kopf, so auf dem Papier) alles gleichzeitig stattfinden. Die große Asienreise läuft aus, aber noch immer sehe ich Dörte und Harm zu Hause das »Sisyphos«-Angebot prüfen. »Hier, guck mal hier! Sogar mit einem Camus-Zitat, aus dem ›Mythos von Sisyphos‹, wird geworben.«

Während Dörte den literarischen Werbetext anzitiert – »Der Kampf gegen Gipfel vermag ein Menschenherz auszufüllen ...« –, höre ich Dr. Wenthien auf Bali, diesmal in einer hinduistischen Tempelanlage, weiterzitieren: »Wir müssen uns Sisyphos als einen glücklichen Menschen vorstellen.«

Und wenn Harm kurz vor Reisebeginn »Klar doch« sagt, »wir machen das Kind. Wir quatschen uns nicht mehr dumm. Wild entschlossen bin ich. Und zwar auf Bali ...« – höre ich ihn im Hotel Kuta-Beach unschlüssig reden: »Jadoch, jadoch! Hab ich gesagt. Hab ich gesagt. Aber das ist nicht mehr so. Jedenfalls nicht so eilig. Muß das erst mal verarbeiten. Na hier, das alles. Das schockt ganz schön.«

»Richtig beschissen« fühlt sich Dörte. Bekümmert wickelt sie ihren hinduistischen Fruchtbarkeitsnippes in Batiktüchlein – »Entschuldige, ich finde das ja auch albern, mein Getue« –, wie sie in Itzehoe ihre bügelfrischen Sächelchen reiselustig verpackt hat: »Und wenn ich schwanger zurückkomme, stürze ich mich gleich in den Wahlkampf. Mutterschaftsgeld für berufstätige Frauen und so ...«

Harm hingegen machte sich mit der Absicht auf die Reise, »den bundesdeutschen Politstreß« zu Hause zu lassen. Doch ob bei seinen Strandgängen oder beim

Einkauf der letzten Reiseandenken – »Und hier ein elfenbeinernes Schlangenarmband für die liebe Dörte« –, es pfuscht ihm immer die Politik dazwischen: »Mir ist hier ne Menge aufgegangen. Schon in Bombay fing das an. Wenn wir zurück sind, bring ich das alles auf paar Thesen. Anmerkungen zum Nord-Süd-Gefälle. Das muß man klar aussprechen. Und zwar im Wahlkampf.«

Falls die Weltlage uns erlaubt, den Film während der sommerlichen Reisesaison zu drehen, soll in ihren engagierten Lehrerköpfen, so überfüllt Dörtes und Harms Köpfe von anderen Ausgeburten sind, die mitgeschleppte Vordatierung, der in Harms Taschenkalender mitreisende Wahlkampf nicht aufhören. Unter Strandpalmen verplant er sich: »Am 2. September Frühschoppen in Kellinghusen. Am 5. September Podiumsdiskussion mit den Grünen in Wilster. Am 12. September Jungwählerveranstaltung in Glückstadt. Am 17. September Straßendiskussion in der Fußgängerzone ...«

Am Strand gegen die Brandung gestellt oder einem Volk Enten konfrontiert, das in einem Reisfeld paddelt, wo immer sich ein Gegenüber findet, lasse ich Harm Wahlkampf üben. Spätestens auf Bali – während Dörte ihre religiösen Mutterschaftsausflüge macht – höre ich ihn gegen Strauß und an Strauß vorbei gegen Stoltenberg und Albrecht reden: »Was haben uns diese Herren für die achtziger Jahre zu bieten!«

Handfesten Sätzen folgen komplizierte Einerseitsandererseits-Abhandlungen über die Gesamtschule und die Zukunft des Norddeutschen Rundfunks, über den

Umweltschutz und das Entsorgungsproblem. Harm ringt sich fernab seiner vorgeplanten Auftritte mehrere Standardsätze ab: »Unser wohlbedachtes Ja zum begrenzten Ausbau der Kernenergie schließt ein deutliches Nein zu Wiederaufbereitungsanlagen ein!«

Oder: »Die notwendige Nato-Nachrüstung darf uns nicht dazu verführen, unser eigentliches Ziel, die Abrüstung, aus dem Auge zu verlieren!« Und immer wieder wird ihm »die Verantwortung der Industrienationen für die Dritte Welt zum Anliegen«.

Während abseits, wie tagtäglich, alte Frauen Muschelsplitt in Körben aus der Brandung schleppen, wünscht er die Veränderung dieser Tatsache: »Der Satz der siebziger Jahre: Die Reichen werden immer reicher, während die Armen immer ärmer werden! darf für die achtziger Jahre keine Gültigkeit haben ...«

Und weitere Sprüche. Es müßte Volker Schlöndorff gelingen, die gegen lauwarmen Wellenschlag geschleuderten und die dem Entenvolk vorgeworfenen Sätze durch Vorblenden Beifall oder Buhrufe auslösen zu lassen: beim Frühschoppen in Kellinghusen, während der Jungwählerveranstaltung, in einer verräucherten Kneipe in Wilster. Wie beim Streit um die Kopfgeburt Kind wird abermals die Zeit aufgehoben, schnurren Ort und Ort zusammen, ist alles gegenwärtig; einzig die Leberwurst – da ist sie wieder – ist fähig, sich zu entwickeln, sich zu verändern: sie gammelt. Alles übrige läßt sich von Itzehoe nach Asien und zurück schleppen. Hier und dort paßt es hin. Was hier entwässert werden muß, will dort bewässert sein: die schweren Böden der Wilstermarsch, der Naßfeldanbau auf der touristischen Insel. Und ließe sich nicht der versumpfte Slum Khlong Toei von Bangkok auf das umzäunte Geviert der Kernkraftbaustelle Brokdorf übertragen?

Zumindest flächenmäßig entspricht das einander. Und Zukunft hat diese Umsiedlung auch. Also zeigen wir es (mit hartem, mit weichem Schnitt) und sparen das Transportproblem aus: fünfzigtausend südostasiatische Slumbewohner leben, gleich hinterm Elbdeich, in das Baugelände gepfercht. Die Bretter- und Wellblechbuden auf Pfählen längs brüchigen Laufstegen über Schlamm, Kot, Abwässern, während ringsum Kühe und Kälber auf fetten Weiden grasen. Sattes Grün, wie aus Tuben gedrückt. Darüber der norddeutsche Himmel.

Harm und Dörte sehen das alles vom Deich oder spielen noch einmal, während sie sich vom Deich aus zuschauen, ihre Slumübernachtung durch, das Sisyphos-Angebot: »Asien ungeschminkt erleben!« Das alles ist vorstellbar und, weil vorstellbar, wirklich. (»Rein kopfmäßig«, sagt Harm.) Deshalb fällt es beiden nicht schwer, sich von Bombay aus oder von ihrer Traumzielinsel hinweg jeweils in ihre Klassenzimmer der Kaiser-Karl-Schule (kurz KKS genannt) zu versetzen. Sofort erleben sie sich Schülerfragen ausgeliefert: »Wie war denn die Reise?« – »Sind Sie nun schwanger endlich?« – »Wann kriegt Ihre Frau das Kind?« – »Was? Fehlanzeige?« – »Sollen wir Deutschen einfach aussterben, während die Inder und die Chinesen immer mehr, immer mehr werden?«

Auf diese (wie Harm und Dörte ihrem Reiseleiter klagen) aggressiven Schülerfragen, die in der Regel nölig, wie aus gestörtem Halbschlaf blubbern, könnte Dr. Wenthien eine im Gehen vorgetragene, deshalb längere, den Palmgarten des Hotels Kuta-Beach weitende Antwort bereithalten: »Nicht nur das. Noch Schlimmeres kommt, liebe Kinder. Die reiselustigen Inder, die ägyptischen Fellachen, die überschüssigen Mexikaner und Javaner, vielleicht nur sieben Prozent von einer Milliarde Chinesen werden ihre Bündel schnüren, sich aufmachen, werden ihre allzu sonnigen Heimatländer verlassen und nach angemessenem Wanderungsverlust, doch immer noch zahlreich, bei uns zu Hause einsikkern: allmählich, in Schüben, dann in Wellen, schließlich unaufhaltsam. Ihr könnt doch rechnen, Kinder, und habt bei Herrn und Frau Peters gelernt, daß sich die menschliche Population bis zum Jahr zweitausend um ein sattes Drittel mehr, auf knapp sieben Milliarden angereichert haben wird, von denen vier Milliarden dicht bei dicht in Asien hocken werden. Pro Tag zählen wir Menschlein hundertsiebzigtausend mehr. Die wollen doch irgendwohin. Solche Überschüsse verlaufen sich zielstrebig. Europa mit seinem Sozialsystem, mit seinen Menschenrechten in Schönschrift, mit seinem christlich schlechten Gewissen bietet sich an. Nur keine Angst, Kinder. Die Leute sind fleißig und bescheiden. Die werden uns Arbeit abnehmen. Die lernen schneller als wir. Und brauchen nicht viel Platz. Denen reichen zwei Zimmer pro Großfamilie. Denen ist kein Hobbyraum notwendig. Die werden sich ordentlich und nicht mittels Kopfgeburten vermehren. Sie sind der Zuwachs, auf den wir bauen können. Während ihr, liebe Kinder, euch ausruhen, entspannen, euch vergessen könnt. Es hat ja schon angefangen: in England, Frankreich, bei uns. Die Leute gewöhnen sich relativ rasch an das Klima. Warum sollten sich die ›Javaanse Jongens‹, wie ein holländischer Tabak heißt, nicht als Deutsche fühlen? Warum sollten wir nicht, intelligent, wie wir sein möchten, ein wenig Umgangschinesisch lernen, nicht mehr als unser übliches Basisdeutsch hergibt? Wer wollte unseren spärlichen Nachwuchs, euch, liebe Kinder, und später eure Einzelkinderchen hindern, sich mit dem Nachwuchs oberägyptischer Fellachen und mexikanischer Mestizen zu mischen? Die grazile Lebhaftigkeit der Küstenchinesinnen, die Sanftmut sundanesischer Männer werden begehrt, die mystische Zutat Indien beliebt sein. Keine Angst, die Deutschen sterben nicht aus. In durch Mischung verfeinerter Ausgabe werden sie zahlreich sein und sich zu zwei-, dreihundert Millionen auswachsen. Die Welt wird – wie soll ich es sagen – die Deutschen in sich aufnehmen. Deutschsein wird Welthaltigwerden bedeuten. Wir werden wieder wer sein! – Was? Was höre ich, Kinder? Ihr wollt euch nicht mischen? Ihr germanisch-slawisch-keltischen Mischlinge wollt reinrassig, unvermischt bleiben? Ihr subventionierten Dummköpfe wollt euch beschränken, wollt beschränkt, wir ihr seid, überdauern? Wir bleiben, wie wir sind! schreit ihr. Dichtmachen! schreit ihr. Den Laden zumachen! Abschotten! Einmauern! – Daß ich nicht lache. Als wenn Mauern noch Sinn geben könnten. Als wenn Mauern dieser braungelbschwarzen Flut gewachsen wären.

Wir haben doch eine Mauer querdurch. Akkurat gebaut, todsicher gemacht. Und hat diese Mauer den wenigen Deutschen drüben, den immer weniger Deutschen hier für- oder gegeneinander geholfen? Ist diese Mauer nicht einzig Anlaß gewesen, sie hier und da immer ein bißchen mehr löchrig zu machen? Die Mauer muß weg! habt ihr gerufen. Richtig Kinder. Mauern haben sich überlebt.«

Das haben wir während unserer Reise gesehen. Auf dem begehbaren und für in- und ausländische Touristen freigegebenen Teilstück der chinesischen Mauer, nahbei Peking, habe ich mehrmals Ute fotografiert: sie am unteren Bildrand mit ihren baltischen, nie zur Ruhe kommenden Haaren, während hinter ihr starr, unverrückbar (und doch seit Baubeginn vergeblich) die Mauer in immer kühneren Verkürzungen über Bergkämme kriecht. Hat sie, haben andere Abgrenzungen verhindern können, daß die Chinesen in aller Welt zum Mondfest jenen Mondkuchen essen, dessen Süße uns in Kanton, Hongkong, Singapore gleich süß gewesen ist? Und könnte nicht Dr. Wenthien, seine Völkerschübe voraussagend, dieses Detail einflechten: »Es wird, liebe Kinder, demnächst auch bei uns der übersüße chinesische Mondkuchen heimisch werden, weshalb der deutsche Streuselkuchen nicht außer Geschmack kommen muß.«

Oder die Mauern im Hafenviertel der Elfmillionenstadt Manila. Sie wurden Ende der sechziger Jahre errichtet, als Papst Paul die katholischen Philippinen und den katholischen Diktator Marcos besuchte.

Längs der Hauptstraße, weitflächige Slumviertel abgrenzend, wurde die Mauer gezogen, damit das Auge des Heiligen Vaters nicht durch den Anblick gotteslästerlicher Elendsquartiere beleidigt werden konnte. (Auch dieses Mauerkunststück ist unnütz gewesen; denn hätte der Heilige Vater das links rechts angrenzende Elend offenliegend gesehen, es wäre ihm dennoch unbegreiflich geblieben, oder er hätte alles als Fügung Gottes in sein Gebet eingeschlossen. Päpste sind dieser Fürsorge mächtig.)

Und Mauern sind vergleichbar. Nur äußerlich unterscheiden sie sich. Die mittelalterlichen, darunter die chinesische Mauer, wurden für die Ewigkeit, koste es, was es wolle, gebaut; die das Papstauge schonende Sichtblende um die Slums von Manila, das durch Berlin gezogene, den realen Sozialismus einmauernde Mauerwerk und die zur Mauer gefügten Bauplatten um das Kernkraftwerk-Baugelände Brokdorf in der Wilstermarsch wurden für die Gegenwart, also hastig errichtet. Daraus sollte Dr. Wenthien im Gespräch mit Harm und Dörte Peters weitere pädagogische Schlüsse ziehen. Denn noch immer sind die Schüler der Kaiser-Karl-Schule in Itzehoe an der Stör um ihre Zukunft besorgt. Sie wollen nicht überfremdet, rassisch vermischt, zu Orwellschen Eurasiern werden. (Sie trampeln, trommeln mit Fäusten auf ihren Schultischen. »Das nervt uns!« schreit ein Schüler.)

»Nun gut«, könnte Wenthien im Palmenschatten sagen, »ihr wollt euch unbedingt abschotten, liebe Kinder. Verstehe, verstehe! Auch mir erscheint diese Möglichkeit erwägenswert. Und sicher gibt es westliche und östliche, womöglich sogar ostwestliche Krisenstäbe, die sich bei sogenannten Denkspielen mit der Abschottung der Industrienationen befassen. Denn wollte man unser heute noch zänkisches Ost-West-Gefüge, also den Norden, vor einer rückläufigen, aus dem Süden einsickernden Völkerwanderung schützen, müßte – bei aller voraussehbaren Vergeblichkeit – eine neue Mauertechnologie entwickelt werden. Schließlich wissen wir mehr, als gegenwärtig anwendbar ist. Unsere Satellitenüberwachung. Unsere Frühwarnsysteme. Unsere nuklearen Abfallprodukte. Was unsere großen Köpfe sich ausgedacht haben. Das alles, Kinder, läßt hoffen. Denkbar wären, zum Beispiel, mehrere tiefgestaffelte Strahlenwälle, die von der chinesisch-russischen Grenze aus den persisch-arabischen Ölreichtum einschließen und der afrikanischen Mittelmeerküste vorgelagert sind, dann die Iberische Halbinsel weitausholend umfrieden und ganz Europa schützen, falls nicht, den Nordatlantik abschirmend, Anschluß an den ähnlich programmierten US-Strahlenwall gesucht wird. So einfach wäre das. Natürlich könnte man Japan und Südkorea in unseren zu schützenden Kulturkreis einbeziehen. Und sicher gäbe es Strahlenwall-Schleusen, die den freien Handel, aber auch gelegentliche, südwärts zielende Strafexpeditionen gewährleisten – etwa, wenn uns die friedliche Nutzung auswärts lagernder Rohstoffe verweigert werden sollte. Die heute schon hochentwickelte Abschirmung des Luftraumes wäre nur noch ein Kinderspiel, vorausgesetzt, der Ost-West-Konflikt flacht sich weiterhin ab.

Und warum sollte er nicht? Auch wenn sie sich auf die Hacken treten, genau besehen, liebe Kinder, sind Kapitalismus und Kommunismus ein Paar Schuhe. Gemeinsam wird man zu größerer Anstrengung fähig sein. Denn die totale Strahlenwallabschirmung soll nicht etwa Weltflucht bedeuten. Im Gegenteil. Wir bleiben weltoffen. Unsere Entwicklungsprogramme, Welthungerhilfen, karitativen Selbstlosigkeiten, unsere christlich-marxistischen Sozialutopien bleiben weiterhin angeboten. Wer wollte es wagen, sich zu verweigern! Unser Wirtschaftssystem wird seinen multinationalen Charakter der Welt nicht vorenthalten wollen. Neinnein! Wir genügen uns nicht. Denn wenn wir uns einerseits abschirmen, bleiben wir andererseits doch reiselustig. Nicht als Stubenhocker, Kinder, als Weltbürger sollt ihr aufwachsen. Nur überfremden lassen wir uns nicht. Unsere hauseigenen Minderheitenprobleme sind schon lästig genug. Wir Deutschen wollen übersichtlich, zählbar bleiben und keine zahllose Masse werden. Wir sind doch keine Inder, Fellachen, Chinesen, Mestizen. Wir haben schon Türken genug! Wir vermischen uns nicht. Wir schotten uns ab. Wir bleiben beschränkt. Wir sterben ungetrübt aus. Und was man früher den Eisernen Vorhang nannte – naja, Kinder, wir verstehen uns schon. Nur die Himmelsrichtung hat sich verschoben. Lächerlich, diese Angstmacherei. Sie sollen nur kommen, die achtziger Jahre.«

»Das walte Orwell!« könnte Harm Peters, der immerhin diesen Autor gelesen haben mag, Wenthiens Schlußwort beifügen. Wenn dessen Rede auf abendlicher Hotelterrasse (bei einem Glas frischgepreßtem Orangensaft) ihr Publikum sucht, sollte die Reisegruppe vollzählig versammelt sein. Rufe wie »Schauerlich!« oder »Er hat, verdammt nochmal, recht!« sind verteilbar. »Wie gut, daß ich das alles nicht mehr erleben muß«, könnte die Pastorenwitwe, »Schöne Aussichten« könnte der Finanzbeamte aus Wilhelmshaven sagen, »Hört, hört!« einer der Mittvierziger.

Dr. Wenthien ist Asienkenner. Er belegt mit Zahlen, daß Java zutreffend ein »überladenes Schiff« genannt wird. Ihm kann die holländische Kolonialgeschichte bis zur letzten Räuberei samt Daten abgerufen werden: »Im Dezember 1906 wurden die balinesischen Radjas mit ihrem Hofstaat zu Hunderten in den Selbstmord getrieben. Verantwortlich für diese Befriedungsaktion war der königlich niederländische General van der Velde...« Und auch das gegenwärtige Korruptionswesen, die Geschäfte der Präsidentenfamilie – Frau Suharto voran – sind ihm bis in westdeutsche Verfilzungen bekannt: »Etliche Anteile hält die Gutehoffnungshütte Hannover...«

Und nebenher ist Wenthien der Beichtvater unserer Reisegruppe. Zu ihm kommen die Mittvierziger-Ehepaare, der Finanzbeamte, die stattliche Mutter und die mickrige Tochter mit ihren Wehwehchen und Klimanöten, mit ihren Seinsbeschwerden und Ekelanfällen. Zu ihm, dem großen Guru und Weltkrisenspezialisten, der (mutmaßlich) dem internationalen Waffenhandel verwoben ist, kommen Harm und Dörte Peters mit ihren Kopfgeburten. Jetzt, gegen Ende der Reise, immer dringlicher.

Dabei lieben sich die beiden fürsorglich in partnerschaftlichen Grenzen. Nicht nur ihrem Bikini, auch seiner Badehose spült sie den Sand aus. Er verwöhnt sie allmorgendlich mit einer jungen Kokosnuß, in der ein Strohhalm steckt. Selbst wenn sie nicht mehr miteinander reden können, diskutieren sie noch strittige Sachen. Sogar in Dörtes Tagebuch, dem alles und auch ihr Wunsch nach mehr als nur einem Kind anvertraut ist, kriselt ihre Zweierbeziehung nicht. Beide finden und sagen es: »Wir passen zusammen.« Doch weil sich Harm, seitdem Dörte »religiös ausgeflippt« ist, im Bett verweigert – »Ich kann nicht! Verstehst du. Bin doch kein Zuchtbulle!« –, spricht sich Dörte bei Dr. Wenthien aus.

Sie sagt: »Ich möchte ganz offen mit Ihnen reden. In meiner Lage kann ich auf Scham verzichten. Es wären jetzt, was den Eisprung betrifft, die günstigen Tage. Ich meine, wenn es klappen soll – und es muß endlich klappen! –, dann müßte ich, ich weiß nicht wie, heut oder morgen ...«

Dr. Wenthien lächelt. Er versteht. Ihm ist nichts Menschliches fremd. Er sagt: »Um meinerseits offen zu sein: Vaterschaft ist ohnehin ein beliebiger Begriff. Auf Sumatra gibt es heute noch Regionen, desgleichen im drawidischen Südindien, in denen der Vater – nun, sagen wir: eine nur marginale Rolle spielt. Muß es denn unbedingt Ihr durchaus sympathischer Ehemann, Ihr störrischer Harm, sein?«

Bevor Dörte Peters diese »rein sachlichen Überlegungen« – wie Wenthien sagt – mißverstehen und als selbstloses Angebot ablehnen könnte, erklärt sich der Reiseleiter weiträumiger. »Schauen Sie sich um, liebe Frau Peters. Diese jungen, sanften Balinesen. Die Anmut ihrer Bewegungen. Ihr verspielter, auf nichts, allenfalls auf ein wenig Benzingeld zielender Sinn. Übrigens eine gute Rasse, die malayischen Sundavölker. Sie lesen ja, wie ich sehe, offenbar mit Eifer, Vicki Baums ›Liebe und Tod auf Bali‹. Ein subtiles Meisterwerk. Wie die Tänzerin Lambon, obgleich Lieblingsfrau des Radja, immer wieder zu ihrem Raka, dem großen Tänzer, findet ...«

Jetzt könnte Wenthien, nachdem er in dem geliehenen Taschenbuch geblättert, vielleicht ein zwei Stellen zitiert und Dörte das Buch zurückgegeben hat, mit einladender Geste auf eine Gruppe junger Burschen weisen, die vor dem Hotel mit ihren Kawasakis auf Kundschaft warten: »Nur zugegriffen, liebe Frau Peters. Während es rasch dunkelt, eine kleine Tour den weitausholenden Strand entlang. Und dann unter dem Kreuz des Südens ...«

Aber das will ich nicht: diese Spritztour. Ich bin dagegen, daß sich Dörte Peters hinter einen der schöngliedrigen Burschen klemmt und über den rasch eindunkelnden, bald menschenleeren Strand in Richtung Dünen, Sternenzelt, Eisprung, Spermaglück davonrauscht. Ich mag keine Überraschungen, die sich aus Dreiecksgeschichten ergeben. Die Frage nach dem Kind Ja, dem Kind Nein, dieses Verweigerungsspiel, ist nur von Harm und Dörte zu entscheiden. Diesen Acker bestellt kein Flugsamen. Und außerdem schafft Dörte den filmgerechten Absprung nicht.

Zwar macht sie ein paar Schritte auf die wartenden Burschen zu, womöglich geht sie auch mit nordischer Entschlossenheit ganz nah ran an die Gruppe, sucht zwischen den Sanftäugigen den einen, den geeigneten, entscheidet sich sogar – wie anmutig er lächelt – und gibt ihrem Wunsch Volldampf, das heißt: sie steigt auf, weist die Strand- und Dünenrichtung an, zischt mit dem Burschen ab und beweist sich mit fliegendem Haar; aber nach langer Einstellung und Strandtotale wird, bevor die beiden im Abenddunst verschwinden, der Film rückläufig: das Hinterrad voran, vorauswehend ihr Haar, schnurrt die Kawasaki, als könne sie krebsen, zurück zum Hotel, in den Kreis der restlichen Burschen. Dörte steigt, wie sie aufstieg, ab. Das anmutige Lächeln ist wiederholbar. Sie schenkt dem Sanftäugigen einen Abschiedsblick, rollt ihren Wunsch ein, geht mit nordischer Entschlossenheit hinter sich und steht nun endlich wieder neben Dr. Wenthien.

Mit dem Taschenbuch in der Hand sagt Dörte Peters, nachdem sie ihre Wunschvorstellungen bis an den Rand ihrer Prinzipien durchgespielt hat, leichthin zu ihrem Reiseleiter: »Ach ja, die Hingabe der schönen Lambon an Raka den Tänzer. Ihr Körperspiel. Zwei Libellen. Schön wär's. Es sind auch nicht irgendwie moralische Bedenken. Nur habe ich meine Prinzipien. Dumm eigentlich. Aber was soll man machen. Können Sie das verstehen?«

Dr. Wenthien versteht alles. »Schade um den Eisprung«, sagt er. Und: »Morgen müssen wir langsam ans Packen denken. Achten Sie bitte darauf, daß Ihr Koffergepäck kein Übergewicht hat.«

Wir hatten Übergewicht, mußten aber, weil die Lufthansa (einer zweistündigen Verspätung wegen) nachsichtig war, trotzdem nicht draufzahlen. Mit Schlöndorffs, die ihre Filme in Djakarta, Tel Aviv, zuletzt in Kairo gezeigt hatten und deren Reise auch abschloß, hingen wir in der Wartehalle herum. Noch ein Kaffee. Volker suchte die Andenkenläden nach einem zu ihm passenden Pharaonenring ab, fand aber nichts. Wie immer in solchen Situationen strickte Ute, Nadel nach Nadel, an einem erdfarbenen, mehrfach abgestuften Wintershawl für mich. Margarethe wollte bei nächster Reisegelegenheit auch was zum Stricken mitnehmen. (Wie lang wird der? Seit wann wächst der?)

Während der Eisenbahnreise von Shanghai nach Kwelin durch Südchina, als uns ein junger chinesischer Deutschlehrer vom Verlauf und den Folgen der Kulturrevolution berichtete, hatte Ute den Wintershawl begonnen. Beiderseits des Zuges wiederholten sich Reisterrassen. Der Naßfelderanbau. Die ausladenden, systemüberlebenden Strohhüte der überall fleißig gebückten Arbeitskräfte. Soviel Nutzen. Alles von Menschenhand. Während Utes interkontinentale Stricknadeln gleichzeitig...

Auch als wir von Kanton aus, wo das Mondfest gefeiert wurde, per Bahn die Volksrepublik China verließen und in das westliche Schaustück Hongkong einreisten, wuchs der Shawl um Fußeslänge, obgleich in dem tiefgekühlten Touristenzug jeweils am Kopfende des Waggons kapitalistisches Fernsehen zum Eingewöhnen lief und sogar die rotchinesischen Zugschaffnerinnen den Blick bei den Werbespots hatten. Ute ließ nicht ab.

Unbeirrbar blieb sie am Faden. Auf dem Flug nach Singapore, dort in der Wartehalle des Flughafens, bevor wir nach Djakarta weiterflogen, dann während des Fluges nach Manila, wann immer Raum durch Zeit überwunden wurde: zusehends wuchs sich unter ihren Händen mein Shawl aus. Und als wir siebzehn Stunden lang inmitten philippinischer Moslems, die nach Mekka wollten, in Richtung Kairo flogen, gewann er ordentliche, aber noch immer nicht endgültige Länge.

Ich erinnerte mich an andere Reisen und erzählte den Schlöndorffs von Utes Wollknäuel, das ihr im Vorjahr, kurz vor der Zwischenlandung in Anchorage, als die Maschine sich sacht Alaska zuzuneigen begann, vom Schoß gefallen und durch den Mittelgang der Passagierkabine in Richtung Cockpit gerollt war. Ein unzeitgemäßes Ereignis. Sofort war eine Stewardeß zur Stelle und rollte das Knäuel (uns entgegen) wieder auf. Ute bedankte sich. Mir fielen literarische Bezüge ein. Die Stewardeß meinte, in ihrer Berufslage, mit den vielen Wartezeiten, sollte eigentlich Strickwolle zum Handgepäck und ein Strickkurs zur Berufsausbildung gehören.

Deshalb möchte ich Volker vorschlagen, auch Dörte Peters oder jene hochgewachsene, küstenblonde Schauspielerin, die Dörte Peters spielen soll, während der Asienreise stricken oder häkeln zu lassen: womöglich Babysächelchen, was Harm Peters albern oder zumindest voreilig nennt: »Nun wart doch erst mal ab. Ich wäre da abergläubisch. Oder strick was für mich.

Einen langen, erdfarbenen, in Ocker, Braun, Umbra abgestuften Wintershawl.«

Und von Dörtes Schoß könnte das Wollknäuel oder ihr Häkelgarn fallen, was immer sie strickt oder häkelt. Bei einem der Flüge, besser beim Rückflug, kurz vor der Zwischenlandung in Karatschi, rollt das Knäuel den Kabinengang lang in Richtung Cockpit. Und aus Sicht der Stewardeß greift die Kamera das rollende, trotz Fadenlaß immer größer werdende Knäuel auf. Auch Dörte bedankt sich.

Denn so sachbezogen sie Schul-, Kommunal-, Energieprobleme diskutiert und so bewußt sie sich als berufstätig begreift, nichts spricht dagegen, daß Dörte Peters strickt oder häkelt. Sie steht zu ihrer weiblichen Neigung und hat schon mehrmals auf Frauenveranstaltungen ihren »Standpunkt verdeutlicht«, indem sie »die Rigorosität falschverstandener Emanzipation« zurückgewiesen hat: »Ich bin eine Frau. Und als Frau stricke ich gerne. Geradezu albern wäre es jedoch, wollte ich von meinem Mann der totalen Gleichberechtigung wegen verlangen, daß auch er zum Strickzeug oder zu Häkelmustern greift. Er hat übrigens den männlichen Sammeltick, den ich nicht habe. Aber, sage ich mir, laß ihn doch sammeln, soviel er will und solang es ihm Spaß macht . . .«

Weshalb die beiden Übergepäck haben könnten. Nicht nur leichtgewichtige Muscheln und Seeschneckenhäuser, auch bizarres Wurzelzeug und grotesk erstarrte Lavabrocken hat Harm Peters von den Stränden, aus Lavafeldern geklaubt, er will die Fundsachen nach Itzehoe schleppen.

»Zu viel und zu schwer«, sagt Dörte. Auf größere Stücke muß er verzichten. Seine Bemerkung »Naja, du hast ja auch auf dein allerliebstes Mitbringsel verzichten müssen«, empfindet sie als »ungeheuerlich verletzend«. Dörte Peters reagiert mit einer Ohrfeige. Und Harm Peters entschuldigt sich geohrfeigt: »Tut mir leid, ehrlich.« Beide weinen ein bißchen.

Danach packen sie weiter. All die Mitbringsel: das Batiktuch für Monika. Für Harms Mutter thailändische Seide. Dörtes Vater soll sich über einen malayischen Kris freuen. Und noch ein Tüchlein. Ein Salatbesteck für Dörtes Mutter. Und plötzlich ist wieder die Leberwurst da.

In der Kühlbox liegt sie. Ihr Zustand ist fragwürdig. Wir sind sie nicht losgeworden. Weil Uwe Jensen, der alte Kumpel, nicht aufzutreiben war. Weil ich Waffenschmuggel als Handlung nicht zugelassen habe. Weil die indonesische Polizei die verdächtige Wurst nach der Stichprobe wieder ausgehändigt hat. Weil die Stichwunde mit Hansaplast geheilt wurde. Weil Harm sich weigert, auf Dörtes Vorschlag hin die Wurst im Sand zu verbuddeln. Weil mir zu ihr nichts mehr einfällt. Jetzt bleibt sie in der Kühlbox. Oder sie nehmen sie mit, fliegen sie in die Bundesrepublik Deutschland ein. Wie die mitgeschleppte Frage nach dem Kind Ja, dem Kind Nein. Lauter ungelöste Probleme.

Als unser Direktflug von Kairo nach München endlich aufgerufen wurde, sahen Volker Schlöndorff und ich, was wir uns erst während des Fluges bestätigten: Auf dem Weg zur Paßkontrolle steht eine überlebensgroße,

Henry Moore nachempfundene Mutterstatue, die allen Passagieren beim Verlassen des übervölkerten Landes Ägypten die allgemeine Gebärfreudigkeit, den fruchtbaren Schoß sinnbildlich machen soll. Ja, wir kennen die Zahlen.

7

Wie wir uns zuhören und herausfordern. Wie ich keine Notizen mache, er auf wechselnden Blöcken festhält. Zwei Handwerker, die sich hinter ihrem Werkzeug verstecken. (Als er »Die Blechtrommel« drehte, geriet ich als Störfaktor in sein Tagebuch; jetzt nutze ich seine Widerstände.)

»Kannst du mich nicht fiktiver machen?« – Aber wie? Er ist, obgleich immer unterwegs, immer tatsächlich da. Mit sich bringt der Gast kaltgepreßtes Olivenöl. Soll ich ihn nun, als hätte ich ihn erfunden, Meister nennen? Der Meister mit seinen Notizblöcken besucht den Meister ohne Notizblock und bringt kaltgepreßtes Olivenöl mit? – Willkommen! Jemanden ohne genialische Faxen habe ich mir schon lange gewünscht. Wir müssen nicht wettlaufen. Wir vergnügen uns im Detail. Wir sind schön verschieden gestimmt.

»Irgendwas«, sagt Volker Schlöndorff, »sollten Harm und Dörte in Itzehoe bei Freunden zurücklassen, eine Katze.« – »Ich will«, sage ich, »über die Katze in dritter Fassung des Manuskriptes nachdenken: wie die beiden ihre Katze zu Hause versorgen und rückkehrend vorfinden ...«

... und jetzt gleich, bevor sie abfliegen, über meinen Lehrertick nachdenken. Was haben sie mir getan? Welche Zeugnisse fürchte ich immer noch? Was reizt mich an deutschen Pädagogen? Warum reibe ich mich an ihren Lernzielen und Frühprägesystemen?

Daß »Katz und Maus« meine Schulnöte abgefeiert hätte, war wohl ein Irrtum. Mir gehen die Lehrer nicht aus. Ich kann von ihnen nicht lassen: Fräulein Spollenhauer versucht Oskar zu unterrichten; in »Hundejahre« sückelt Brunies seine Malzbonbons; in »örtlich betäubt« hat der Studienrat Starusch Zahnschmerzen; in der »Schnecke« bleibt Hermann Ott selbst im Keller verlocht noch Lehrer; sogar der Butt beweist sich als Pädagoge; und nun diese beiden holsteinischen Lehrkräfte...

Vielleicht kann ich nicht von ihnen absehen, weil meine nachwachsenden Kinder mir täglich die Schule ins Haus bringen: diesen seit Generationen gleichbleibenden Überdruß, dieses Zensurgehabe, diese sich mal nach rechts, mal nach links verirrende Sinnsuche, dieser jedes heitere Lüftchen verstänkernde Qualm! – Dabei sind Dörte und Harm Lehrer aus bester Absicht...

Sie sind schon nicht mehr ganz da. Ihr letzter Tag mit Halbpension. Am Abend soll sie der Flieger von Bali (mit Zwischenlandung) nach Hause bringen. Gepackt stehen die Koffer in der Hotelhalle bereit. Dörte sitzt unter Palmen im Halbschatten und liest. Harm hockt in der Gartenbar des Kuta-Beach-Hotels neben der mickrigen Tochter der stattlichen Mutter. Weil Gartenwege geharkt sein müssen, werden zum Strand hin, zur Bar die Wege geharkt. Zwischen den Zugehörigen der »Sisyphos«-Reisegruppe ist Dr. Wenthien mit Ratschlägen unterwegs. Die gereihten Koffer sind durch Bestimmungskärtchen versichert. Wie immer warten die Sanftäugigen mit ihren Kawasakis auf Kundschaft. Seitab tragen Balinesinnen Reisschälchen zum Opferschrein. Dörte liest den geliehenen Roman. Unter dem heiligen Baum wird geopfert. Harm trinkt mit der mickrigen Tochter den dritten Campari. Die Mittvierziger-Ehepaare schreiben letzte Postkarten. Dr. Wenthien rät allen, das Trinkgeld nicht übermäßig hoch zu bemessen. Ein Käfig in der Mitte des Hotelgartens ist bewohnt. Die balinesischen Frauen übersehen die Touristen. Auf der Stranddüne ist einer der Bäume heilig. Aus ihrem geliehenen Buch aufblickend, sieht Dörte die einheimischen Frauen mit ihren Opfergaben. Ein alter Mann harkt die Wege. Wenthien hin und her in knittrigen Leinenhosen. An ihrem Käfig rütteln zwei Affen. Dörte liest hastiger. Harm versucht, die mickrige Tochter anzumachen. Immer neue Frauen mit Reisschälchen. Dr. Wenthien sagt: »Wir haben noch viel Zeit überflüssig.« Woanders sagt er: »Der Bus geht erst um siebzehn Uhr dreißig.« Durch einen Strohhalm trinkt Dörte aus einer jungen Kokosnuß. Die rüttelnden, sich jetzt lausenden Affen. Die mickrige Tochter muß nochmal aufs Zimmer: was holen. Die Harke und ihr Geräusch. Harm bleibt nicht beim Campari sitzen. Beim Schreiben und Frankieren der Postkarten arbeiten die Mittvierziger-Ehepaare sich zu. Das Licht unter Palmen. Wenthiens Ratschläge. Die Vorderseite des Taschenbuches zeigt zwei Hände, die eine halbe Kokosschale halten. Fast leer werden die Campari-gläser von der Bartheke geräumt. Die Affen. Der überladene Opferschrein. Die harmonisierenden Ehepaare. Jetzt fehlt das Geräusch der Harke. Jetzt erklärt Wenthien dem Finanzbeamten aus Wilhelmshaven die Weltlage. Die lesende Dörte. Letzte Briefmarken. »Der Russe«, sagt Wenthien. In den Palmen plötzlich ein Lüftchen. Die bezettelten Koffer werden verladen. Kleine Unruhe bei den Sanftäugigen. Dörte schließt ihr Buch. Wenthien klatscht in die Hände. Gleichfalls die Affen im Käfig. Trinkgeld wird genau bemessen. Die Reisegruppe versammelt sich. Auch Harm und die mickrige Tochter sind zwanglos wieder dabei. Die junge Kokosnuß bleibt mit Strohhalm zurück. Langbeinig geht Dörte über geharkte Wege. Dr. Wenthien verspricht, im Flughafengebäude für die Postkarten zu sorgen. Jemand (die Kamera zeigt vorerst laufende braune Beine), ein Zimmerjunge, trägt jemandem (Harm) etwas Vergessenes nach: die eingeschweißte Leberwurst. Dörte winkt, bevor sie in den »Sisyphos«-Bus steigt, den sanftäugigen Burschen auf ihren Kawasakis zu. In Harms Handgepäck hat die Leberwurst Platz. Im Bus oder erst in der Abfertigungshalle des Flughafens will Dörte Dr. Wenthien das Taschenbuch zurückgeben, obgleich sie »noch nicht ganz durch ist«. Aber der Reiseleiter macht ihr das Buch zum Geschenk: »Eine kleine Erinnerung, liebe Frau Peters. Wir beide, nicht wahr, wir lieben Bali, dieses bald für immer verlorene Paradies ...«

So etwa müßte ich (will ich nicht) jede Szene ausschreiben. Es soll Platz bleiben für Zufälle. Unbekannt ist, wo die Pastorenwitwe im richtigen Augenblick unpassende Bemerkungen macht. Nichts über die leichte Verstimmung zwischen den Enddreißiger-Freundinnen. Auch weiß ich nicht, ob Dörte im Flugzeug, kaum angeschnallt, sogleich weiterliest. Doch will ich, bevor unser Lehrerpaar abfliegt und Dr. Konrad Wenthien mit einer gleichzeitig eingetroffenen »Sisyphos«-Reisegruppe zurückläßt, noch einige Bedenken, Rückschlüsse und Vorgriffe nachtragen; sobald die Singapore-Airlines-Maschine startet, ist es für Abschweifungen zu spät.

Auf was lasse ich mich ein? Auf Gegenwart. Als ich aus den fünfziger Jahren in die sechziger Jahre hinein weitläufig über Vergangenes schrieb, riefen die Kritiker: Bravo! Vergangenes muß bewältigt werden. Und zwar aus Distanz: Es war einmal.

Als ich Ende der sechziger in die siebziger Jahre hinein über Gegenwärtiges, zum Beispiel über den Wahlkampf neunundsechzig schrieb, riefen die Kritiker: Pfui! Wie kann man sich distanzlos auf die Gegenwart einlassen. Und obendrein so deutlich politisch. So wollen wir ihn nicht. Das wird von ihm nicht erwartet.

Als ich Ende der siebziger Jahre (abermals weitläufig) die Steinzeit (und was ihr folgte) mit der Gegenwart verquickte, riefen die Kritiker: Na endlich! Da ist er wieder. Offenbar hat er resigniert und die Flucht in die Vergangenheit angetreten. So gefällt er uns besser. Das war er sich und uns schuldig.

Wenn ich mich nun, kurz vor Beginn der achtziger Jahre, wieder (distanzlos) in die Gegenwart verbeiße – obgleich Strauß ein Relikt der fünfziger Jahre ist –, werden die Kritiker – na was schon – rufen: Klar doch!

Sein Beitrag zum Wahlkampf. Er kann es nicht lassen. Und was heißt hier Kopfgeburten! Der hat Kinder genug in die Welt gesetzt. Der kann gar nicht mitreden. Der wird Kinderlosigkeit als gesellschaftliche Tendenz nie begreifen. Das ist ein Thema für junge Autoren. Der soll lieber bei seiner Vergangenheit, beim Eswareinmal bleiben.

Das ist alles richtig. Wir haben das so in der Schule gelernt: nach der Vergangenheit kommt die Gegenwart, der die Zukunft folgt. Mir aber ist eine vierte Zeit, die Vergegenkunft, geläufig. Deshalb halte ich auch die Form nicht mehr reinlich. Auf meinem Papier ist mehr möglich. Hier stiftet einzig das Chaos Ordnung. Sogar Löcher sind Inhalt hier. Und nicht verzurrte Fäden sind Fäden, die gründlich nicht verzurrt wurden. Hier muß nicht alles auf den Punkt gebracht werden. Deshalb bleibt der Fall Wenthien unaufgeklärt. Ohne ihren tieferen Sinn preiszugeben, überdauert die Leberwurst als Reisegepäck. Doch wenn ich die Gesichtszüge von Harm und Dörte Peters ausspare, ihm keinen Silberblick, ihr keine Lücke zwischen den Schneidezähnen erlaube, geschieht das mit Absicht: Schlöndorff wird diese genau umrissenen Leerstellen mit dem Mienenspiel zweier Schauspieler ausfüllen; nur sollte er semmelblond, sie küstenblond sein.

Und gut wäre es, wenn beide Schauspieler keine authentisch nuschelnden Laien, sondern gelernt sprechfähig, also akzentreich des holsteinischen Zungenschlages mächtig wären. (»Was hat die Uhr?« könnte Harm Dörte fragen und sie ihn ermahnen: »Nu tüttel man nich so.«) Auch sollten beide Schauspieler die Fähigkeit zur Komik bei ihrer Trauerarbeit mitbringen, denn die gelegentliche Verzweiflung meiner Lehrkräfte macht mich lachen. Und Dr. Wenthien, der nun auf dem Flughafen Denpasar zurückbleibt, wünsche ich mir nicht etwa dämonisch oder nach Art des Mephisto allzeit zwielichtig, sondern so dummschlau und allerweltsweise gespielt, wie Teufel und Dämonen als Reiseleiter von Berufs wegen sind.

Was ich noch nachtragen muß: die dem Wechselspiel »Das Kind Ja, das Kind Nein« zugelassene Regelmäßigkeit, die Adoption eines Kindes zu erwägen und zu verwerfen. Wie in Itzehoe, so in Bombay, Bangkok, auf Bali: wo immer Harm und Dörte aus Zukunftsangst oder in Erwartung leicht verbesserter Zukunftschancen, dem Hang zur Bequemlichkeit oder der Lust nach elterlicher Verantwortung folgend, ein Kind wollen oder nicht wollen, stellt sich ihnen zusätzlich diese Frage. Denn kaum haben sich beide wieder einmal einmütig dazu entschlossen, aus sich heraus, kraft Lenden und Schoß, kein Kind in diese ohnehin übervölkerte Welt zu setzen, bleibt als Bodensatz ein Rest Ungenügen: »Wir könnten doch. Ich meine, indem wir uns sozial engagieren. Und weil unsere wirtschaftlichen Voraussetzungen ...«

Doch ihre Selbstlosigkeit kennt Grenzen. Harm sagt inmitten bettelnder indischer Kinder, die ihren Rocksaum berühren und seine Hände suchen: »Bitte, bedien dich. Die Auswahl ist groß und wird immer größer. Aber bitte nur eins von den fünfhundert, fünfhunderttausend, fünf Millionen ...«

Und als sich beide, überrascht von einem tropischen Regenguß, zwischen indonesischen Kindern unter einem Wellblechdach finden, sagt Dörte: »Welches denn? Das oder das? Das ist doch Selektion. Die humanisierte Rampe. Ein Kind auswählen heißt alle anderen aufgeben, draufgehen lassen.« Und während sich beide in eine überdachte Fahrradrikscha flüchten, nennt Harm alle möglichen Folgen der Adoption: »Bleibt doch fremd das Kind. Die üblichen Hänseleien. Wird verprügelt. Denk mal an die schulpflichtigen Türkenkinder in Itzehoe...«

Worauf beide, wie immer, wenn sie die Adoptionsfrage verneinen, die Möglichkeit erwägen, Harms Mutter aus Hademarschen in ihre geräumige Altbauwohnung zu holen, um auch diese Sozialtat zu verwerfen. »Glaub mir«, sagt Dörte, »Mutter würde sich bei uns nicht eingewöhnen.« – »Wenn wir ein Kind hätten, vielleicht doch«, sagt Harm.

Wieder keine Entscheidung. Nur die tägliche Kopfgeburt. »Dann lieber«, sagte er noch in der Rikscha, »unter vertretbaren Umständen ein eigenes Kind.« – »Oder wir holen doch deine Mutter«, sagt sie.

Und wenn sich Harm Peters von Dr. Wenthien in der Flughafenhalle verabschiedet, hört sich das so an: »Na, vielleicht klappt es beim nächsten Trip. Durch Zentralafrika oder so. Wir schicken Ihnen ne Postkarte dann, großer Meister.«

Sie fliegen. Sie fliegen, wie wir flogen. Wir kamen im Herbst neunundsiebzig zurück; Harm und Dörte fliegen im Vorgriff: Ende August achtzig. Zu viert schleppten und schleppen wir unsere asiatischen Mitbringsel nach Europa. Wir konnten unsere deutschen Rückstände (die beiden auf Bali, wir in China) nicht loswerden. Mein Lehrerpaar wird, kaum gelandet, in den Wahlkampf verrührt: die Termine stehen schon fest. Uns wurde sogleich der bundesdeutsche Alltag getischt: die landesübliche Enge, der breitspurige Konsum, der eingefleischte Schlagabtausch, die aufgewärmten Ängste, die falschen Konjunktive sich allseits rückversichernder Meinungsträger: »Ich würde meinen... Ich würde meinen...«

Und weil Harm und Dörte Peters meine Kopfgeburten sind, lege ich ihnen, was mich betrifft, in die Wiege: zum Beispiel die Fortsetzung des Brokdorf-Prozesses am Montag, dem 26. November 1979, in Schleswig. Da die beiden ein Dreivierteljahr nach Prozeßschluß von Bali nach Itzehoe zurückfliegen, müssen sie wissen, wie die Streitsache ausgegangen ist, ob das Kernkraftwerk Brokdorf gebaut oder nicht gebaut wird und wann das Urteil (was ich noch nicht weiß) rechtskräftig wurde.

Ein naßkalter Tag. Sie hatte sich schulfrei genommen. Sie kam, von mir erwartet. Die studierte Bauerntochter. Später sprachen wir in der Mittagspause. Zwischen uns knisterten Möglichkeiten. Aber das hätte nur abgelenkt: von der Sache, vom Prozeß.

Während ich am ersten Verhandlungstag mühelos mit brauner Pressekarte dabei war, hatte Dörte Mühe, ein gelbes Einlaßkärtchen zu bekommen. Mit mir war sie Zeuge der Hilflosigkeit des Vorsitzenden Richters Feist, der den Zuschauerbereich des Gerichtssaales zuerst mit Hilfe von Bereitschaftspolizei (wegen Überfüllung und Unruhe) räumen ließ, dann jedoch die abermalige Auffüllung des Saales erlaubte, nachdem einige eigens für diesen Zweck ausgebildete Polizisten im Flur und Treppenhaus des Gerichtsgebäudes ihre erkennungsdienstlichen Gruppen- und Einzelfotos geschossen hatten. So heißt es in Neusprache: Erkenntnisse sammeln. So kam ich mit Dörte in die Kartei. (Wir lächeln uns an, sind uns vertraut auf dem Foto.)

Mit mir war Dörte Peters der Meinung, daß der Bürgermeister der Gemeinde Wewelsfleth die Sache der Kläger (vier Gemeinden und zweihundertfünfzig Einzelkläger) leidenschaftlicher und genauer vertrat als die Anwälte der Klägerseite. Doch während ich kommentarlos zuhörte, rief sie mehrmals »Richtig!«

Als Dörte nach der Rede des Bürgermeisters Sachse klatschte und »Wir lassen uns die Wilstermarsch nicht kaputtmachen!« rief, wurde sie mit anderen Atomkraftgegnern vom Vorsitzenden Richter verwarnt: »Wir wissen Mittel, diesen Prozeß in angemessener und gedeihlicher Form durchzuführen.«

Und wie ich (stumm) hörte Dörte (jetzt nur noch halblaut motzend) die verschachtelten Auslassungen der Betreiberseite – sechs oder sieben Anwälte, die das Land Schleswig-Holstein und die Firmen vertraten – mit parteilicher Ungeduld: wie sie die Klagebefugnis der Gemeinden bestritten, wie sie den »Überprüfungsumfang« ihres Bauvorhabens bis auf einen Kümmerrest zerredeten, wie sie aus zurückliegenden Gerichtsurteilen Bandwurmsätze zitierten, die von den Anwälten der Klägerseite mit Zitaten aus anderen Gerichtsurteilen abgedeckt wurden. Ich lernte das Wort »Mindermeinung«.

Wir nahmen das hin. So ist nun mal Rechtsprechung. Womöglich erlaubte ich mir ein leises Wörtchen: absurd. Doch als der Anwalt der Landesregierung nach mehreren »Kausalverknüpfungen« befand: »Die prinzipielle Gefährlichkeit der Anlage bleibt ohne Relevanz für die Planungshoheit der Gemeinden!« rief Dörte jetzt wieder ungehemmt hell: »Und das soll Demokratie sein? Atomstaat! Das führt zum Atomstaat!«

Weil der Richter diesen Zwischenruf offenbar als zulässig wertete, verwarnte er die Zwischenruferin nicht. Vielmehr ließ er den Prozeß seinen Verlauf nehmen; weshalb Dörte Peters und ich in wenigen Tagen erfahren werden, was jetzt schon sicher ist: den Betreibern des Kernkraftwerkes Brokdorf wird die erste Teilbaugenehmigung für einen mit Elbwasser gekühlten Siedereaktor erteilt. Und sollte das Urteil genauso zielbestimmt Rechtskraft erlangen, was Dörte und ich nicht bezweifeln, werden sich in unserem Film der Drehort »Elbdeich bei Brokdorf samt umzäunter Großbaustelle« bis zum Drehbeginn verändert und Dörtes Zwischenruf »Das führt zum Atomstaat!« bestätigt haben.

Nicht nur die Betreiber des Kernkraftwerkes, auch Schlöndorff und ich müssen mit Demonstrationen, mit Polizeieinsatz rechnen. Die zuvor friedlich, annähernd idyllisch genannte Baustelle wird, während sich Harm und Dörte auf dem Elbdeich um das Kind Ja, das Kind Nein streiten, von Großlastern befahren, vom Baulärm überwölbt sein. Gegen den Lärm müssen beide den Kampf um ihre Kopfgeburt austragen, geliefert der anderen, der atomaren Kopfgeburt; denn seitdem des Gottes Zeus mächtiges Haupt niederkam, ist des Menschen Kopf allzeit trächtig: immer ist was im Werden, reift etwas aus, gewinnt Ausgedachtes Gestalt. Wenn Harm und Dörte ihre vorgeplante Asienreise hinter sich haben, werden sie mit dem Vorwissen zurückfliegen: Brokdorf wächst, während unser Kind schon wieder, noch immer ein Windei ist.

Endlich fliegen sie in elftausend Meter Höhe durch die mitfliegende Nacht. Sie haben den ersten Service – Curryhuhn mit Reis – und die erste Zwischenlandung (in Singapore) hinter sich. Eigentlich wollten sie schlafen, aber Dörte liest den nun geschenkten Roman bis zum schauerlichen Schlußgemetzel, und Harm, der eigentlich Reiseeindrücke nachtragen wollte – die Fledermaushöhle, die Gamelanmusik –, notiert, nun schon im Sog des unausweichlichen Wahlkampfes, Themen für seine Auftritte: Die konzeptlose Opposition. Warum Strauß kein Faschist ist und dennoch eine Gefahr bleibt. Unter welchen Entsorgungsbedingungen die zweite Bauteilgenehmigung für den Siedewasserreaktor Brokdorf erteilt werden könnte. Und sorgenvolle Gedanken zum Welt-Protein-Defizit: er will den Zusammenhang zwischen dem Hungertod einerseits und den Preissteigerungen für Sojabohnen andererseits errechnen. Kursschwankungen an der Börse in Chicago entscheiden über Tod und Leben. Dörte liest. Harm kritzelt Zahlen.

Müde hellwach sind beide, er nach dem dritten Bier, wenn am Kopfende der Passagierkabine die Leinwand für den Film (als gebührenpflichtiger Service auf Langstreckenflügen) entrollt wird. Es soll einen Western geben. Dörte und Harm lehnen die Kopfhörer ab. Für sie läuft vorne tonlos der Film. Aber (gebührenfrei) hineinsehen können sie, was sie wollen: ihre Wünsche, ihr verfilmtes Doppelleben, den jeweils tragischen Verlauf.

Sie mischt Szenen aus »Liebe und Tod auf Bali« in den geduldigen, nie um seine Handlung verlegenen Western. Er verdrängt John Wayne und sieht sich auf Timor in Partisanenkämpfe verwickelt. Dörte spielt in der Vicki-Baum-Verfilmung mit. Beide in Hauptrollen. Sie in einen Sarong gewickelt, er im Kampfanzug. Und in beiden Streifen geistert Wenthien, hier durch den Palast des balinesischen Fürsten, dort auf den Umwegen des Waffenschmuggels. Er verhilft Dörte zu einem Nachtlager mit dem Radja, er weiß, wo Harm endlich seinen Schulfreund, den guten alten Uwe, treffen kann. Die hinteren Gemächer des Palastes. Eine Felsenhöhle im Bergland Timors. Zwar wird die fürstliche Umarmung durch einen holländischen Artillerieüberfall (kurz vor dem Höhepunkt) wieder gelöst und in Kämpfe, Feuersbrunst fremdgeleitet, zwar muß Harm, weil die indonesischen Streitkräfte Uwes Hauptquartier ausgeräuchert haben, die Leberwurst wieder einpacken und sich, dem flüchtenden Freund hinterdrein, einen Weg freischießen, aber Wenthien, der Zwischenträger und Weltenlenker, gibt Dörte und Harm immer nochmal eine Chance. Wie Dörte (eine abtrünnige Holländerin) durch die brennende Puri, den Fürstenpalast, ihren Weg zum Spermaglück sucht. Wie Harm endlich (mit durchschossener, aber wundersam immer noch frischer Leberwurst) den sterbenden Freund findet. Wir sehen, während der Western nur noch gelegentlich seinen Verlauf nimmt, über Dörte und Harms Köpfe hinweg die Doppelhandlung. Mit ihnen sehen wir, wie die holländische Infanterie zum Sturmangriff antritt, wie sich der Ring der indonesischen Streitkräfte um Timors letzte Freiheitskämpfer schließt. Wie Dörte, so rührt auch uns die Szene, in der Dörte den todwunden Fürsten findet. Mit Harm erleben wir, wie Harm seinen sterbenden Freund mit der durchschossenen Leberwurst füttert. Schon dem Tod zugewendet, ergießt sich der Radja lebenspendend in Dörtes Schoß. Nur ein bärtiges Schattenprofil macht uns den guten alten Uwe deutlich, wie er ersterbend die Wurst mümmelt, bis er mit letztem »Danke, Harm, danke« aufgibt. Und auch den Radja hören wir sich verhauchen: »So gebe ich Holland, was es uns nimmt: Leben, das Leben ...« Zu alledem hält Wenthien die Fackel, die Taschenlampe.

Erschöpft hängen Harm und Dörte in ihrem Fluggestühl. Ihr kullern Tränen. Er schnieft. Nachdem der Western und seine jeweiligen Einblendungen abgeflimmert sind, bleiben den beiden noch einige Stündchen Schlaf, die von der Zwischenlandung in Karatschi unterbrochen und einem Langstreckenflug-Frühstück abgebrochen werden. Es wird überm Mittelmeer serviert: pampiges Rührei. Danach strickt Dörte. Harm döst. Wir sehen, daß im Handgepäck die Leberwurst überdauert. Ob ihr Geruch nun real wird und während des Fluges als Gestank eine Nebenrolle spielen kann? Ob erst jetzt, kurz vor der Landung in Hamburg, das Wollknäuel von Dörtes Schoß fallen und den Kabinengang lang in Richtung Cockpit rollen soll?

Das könnte zu aufwendig werden. Schlöndorff müßte ihre Kolonialkriegeinblendungen und Harms verlustreichen Partisanenkampf mit viel Statisten in Originallandschaften drehen und außerdem fließende Übergänge in den Western hinein, aus dem Western in die Wunschfilme mitinszenieren, selbst wenn die Rückflugsequenz nicht länger als zehn Minuten anhält.

Besser nur fünf Filmmeterminuten. Mein Lehrerpaar soll ja ankommen. Es soll sich vorfinden, wie wir uns vorfanden, als wir nach längerer Reise ankamen und (meiner Spekulation zum Trotz) nicht in einer Milliarde Deutscher untergingen, sondern den knapp sechzig Millionen bundesdeutschen Konsumenten beigemengt wurden.

Die sind genug. Die sollten uns und der Welt reichen. Die könnten sich getrost verschlanken, könnten einige Millionen abschreiben und entsprechend viele Zweitwagen, Betonpisten, Kilowattstunden, Aufsteiger und Aussteiger erübrigen, ohne in entvölkerter Landschaft zu verelenden; denn gäbe es (nach chinesischem Maß) die spekulierte Milliarde Deutsche anstelle der knapp achtzig Millionen in zwei gegeneinanderstehenden Staaten, müßte man, weil mit den Deutschen sich deren Bedürfnisse auswachsen würden, die Zahl ihrer Autobahnkilometer und Tiefkühltruhen, den Wust ihrer Gesetzesvorlagen und den Bestand ihrer Einfamilienhäuschen, doch auch ihre Streitfälle zwischen Staat und Staat und deren jeweils friedfertige Verteidigungsstärke verzwölffachen. Zwölfmal mehr deutsche Gesangsvereine, zwölfmal mehr Bundes- und DDR-Liga-Spiele, alles, auch den Bier- und Wurstkonsum mal zwölf, Juristen, Chefärzte, Pfaffen, Funktionäre, Beamte verzwölffacht; was gleichfalls für die gelegentlich störungsfrei laufenden, in Bau befindlichen und geplanten Atomkraftwerke der beiden deutschen Staaten zu gelten hätte, wobei durch den anfallenden Atommüll der entsprechende Zuwachs auch in diesem Fortschrittsbereich garantiert wäre.

Denn bei uns läuft alles auf Zuwachs raus. Wir bescheiden uns nicht. Uns ist genug nie genug. Wir wollten schon immer darüber hinaus. Was auf Papier steht, setzen wir um. Und träumen noch produktiv. Und machen alles, was machbar ist. Und machbar ist uns, was denkbar ist. Deutschsein heißt: das Unmögliche möglich machen. Oder hat es jemals Deutsche gegeben, die, nachdem sie das Unmögliche als unmöglich erkannt hatten, das Unmögliche als nicht möglich akzeptiert hätten? Das machen wir schon! Wir machen das schon! Und alles mal zwölf!

So gerechnet, wäre (bei anhaltender Spekulation) die Wiedervereinigung von 750 Millionen Deutschen mit rund 250 Millionen Deutschen nur noch eine Frage der Zeit. Doch die Zeit (unsere) schwindet mit anderen Rohstoffen. Viel Vorrat ist nicht mehr.

Es war mein Irrtum, auf die Schnecke zu setzen. Vor zehn und mehr Jahren sagte ich: Der Fortschritt ist eine Schnecke. Die damals riefen: Zu langsam! Das geht uns zu langsam! mögen (mit mir) erkennen, daß uns die Schnecke entglitten, davongeeilt ist. Wir holen sie nicht mehr ein. Wir sind im Rückstand. Die Schnecke ist uns zu schnell. Und wer sie (immer noch) hinter uns auf dem Weg sieht, soll sich nicht täuschen: sie überrundet uns abermals.

Das ist ein Bild. Ein Bild mehr. Nachdem Dörte Peters in der Gepäckhalle des Flughafens Hamburg-Fuhlsbüttel ihre Armbanduhr auf Ortszeit umgestellt hat, sagt Harm Peters: »Na also, jetzt spuren wir wieder richtig.«

8

Der Dorffriedhof hinterm Elbdeich mit Blick nach drüben. Nahbei Dannenberg, das liegt bei Gorleben. An einem sonnenkalten Dezembertag. Seine Landschaft: Bruchwiesen. Die alten Fachwerkhäuser stehen, von Städtern aufgeputzt, wie Spielzeug rum. Seine vereinzelte Frau. Die verzweifelt lustigen Kinder. Berliner, Hamburger Nummernschilder: die anreisenden Trauergäste.

Seitdem du tot bist, werde ich deutlicher alt. Mein Mut, der gestern noch flott war, streicht einige Segel. Heute, an deinem Grab, hörte ich (über den Pfarrer hinweg) Hähne aus des Friedhofs Nachbarschaft dir nachrufen.

Es fällt schwer, dich zu überleben, fortan sagen zu müssen: Wie er schon damals ganz richtig sagte...

Du hast, weil die Ziele sich Nebel hielten, mit Streuung gesprochen. Sobald wir die Nebel durchschauen, werden wir dich treffender machen.

Du lachst aus deiner ungenauen Sicherheit und sagst: Neueingedickte Nebel werden die durchschaubaren ablösen. Das ist doch klar.

Also fördert unser Verlangen nach Durchblick den sich verhüllenden Fortschritt.

Noch während die Hähne krähen und sich der Pfarrer abmüht, sagst du: Der Protest gegen die fortschrittlichen Mächte ist von den fortschrittlichen Mächten vorgesehen.

Und dein Protest?

War inbegriffen. Doch stand mein Tod nicht in ihrem Programm. Es hätten die Mächte mich gerne noch länger in Diensten gehabt. Mich überlebend: ich.

Also müssen wir mächtig werden, damit wir uns als verneinende Nebel langzeilige Gedichte und kurzlebige Dichter halten können. Ganz einfach wäre das und schwer zu durchschauen.

Da lachen die Hähne, sagst du, während wir, um dein Grab gestellt, unsere Gesichter machen.

Bevor meine Kopfgeburt heimkehrt und sich als Harm und Dörte Peters lauthals in den Wahlkampf mischt, muß ich Nicolas Born nachrufen, der am 7. Dezember 1979, keine zwei Monate nach unserer Rückkehr aus Asien, (so heißt es) an Krebs starb.

Während wir noch in Fraktionen um Weg und Ziel stritten und das jeweils Machbare als das Machbare erklärten, begann er die »Erdabgewandte Seite der Geschichte« zu erzählen, erschrak er über die wortwörtliche Verwertung des Schreckens, sah sein »Auge des Entdeckers« die Wirklichkeiten abseits der Tatsachen, ahnte er die faktengesättigte Fälschung, um sie endlich (schon absterbend) aufzudecken.

Das war gestern, vorgestern. Ich muß mich an ihn nicht erinnern. Ich sehe Nicolas Born gegenwärtig, wie wir uns Anfang der sechziger Jahre in Berlin gegenübersitzen. Ich: die Schlußfassung der »Hundejahre« im Rücken; er: ein seiner Anfänge unsicherer junger

Mann, der aus dem Ruhrgebiet kommt, westfälisch massiv wirkt und willentlich verlangsamt, als müsse er ihm mögliche Beschleunigungen (die ihn später umtreiben werden) unter Kontrolle, noch unter Kontrolle halten. Der Erfolgreiche und der Anfänger heißen die Rollen. Wir sprechen – ich: vorbeugend sozusagen, er: Verwarnungen gewohnt – über das Risiko, Schriftsteller zu sein.

Lange geht von ihm, sein Bild allzu faßlich prägend, Ruhe aus. Der ruhige Born. Der gesetzte Born. Der Bauer. Der Stille. Gelegentliche Ausbrüche und Provokationen führen die Entschuldigung für den Ausbruch mit sich, die Zurücknahme der Provokation. So bleibt sein Bild ungenau und wird nicht genauer, seitdem er sich gehenläßt, die ihm verordnete Statik aufbricht, der unruhige, geschäftige, getriebene, der immer betroffene, der zunehmend gefährdete Born ist: ein von Flugangst besessener Flugkörper. Jedem Absturz vorweg.

Also nicht faßbar. In keines der angebotenen Bilder zu bringen. Warum sollte er auch! Jemand, der 1972 sagt: »Die Realität bleibt im Gespräch. Sie täuscht über alles andere hinweg«, ist als handfeste Erscheinung nicht abzulesen; und selbst in seinen Gedichten, die alle Ich-Gedichte sind, bleibt er uns, ist er sich fremd:

»Wenn ich jetzt ganz leer bin
dann ist das die Rache der Wirklichkeit«

– zwei Zeilen, denen, wie entschuldigend, eine fünfzeilige Fußnote anhängt:

»(ich habe mich wieder weit
hinaustreiben lassen in die Vorstellung
einer weltweiten Machtlosigkeit

in der des einen Vorteil
nicht des anderen Nachteil ist)«.

Seine Utopie? Die Kopfgeburt eines Fremdgängers, der Tatsachen mit Wünschen betrügt? Genauer will er nicht werden. Ein gleichbleibend sich immer wieder unähnlicher Freund, der allenfalls beiseitegesprochen von sich, aus seinen erdabgewandten Wirklichkeiten Bericht gibt. Nur äußerlich, aus Tast- und Sichtnähe begriffen, ist er von praktischer Natur: alltäglich zuverlässig.

Die Berliner Jahre: ich sehe ihn auf dem Friedenauer Wochenmarkt mit zwei Kindern und der Einkaufstasche behängt. Wir einigen uns auf ein schnelles Bier im Ratskeller. Wie Handwerker reden wir miteinander.

Ich sehe ihn im Bundeseck, wo die Flipper die Welt bewegen. Ausgeschlossen steht er zwischen den Darstellern der Revolution. Er will etwas sagen: Moment mal! Aber sie hören nur sich.

Ich sehe ihn mit uns die Grenzkontrollen passieren und Bahnhof Friedrichstraße ein Taxi nach Köpenick nehmen. Wir haben was bei uns. (Seine engzeilig beschriebenen Papiere.) Wir wollen uns vorlesen. Die auf uns warten, sind wie wir: nicht sicher, abseitig, auf Wörter und deren Schatten bedacht, unbeirrbar verstiegen.

Doch ob im Bundeseck, auf dem Wochenmarkt oder um Mitternacht in der Ausreisehalle: unsere Gespräche reihen sich als abgebrochene Gespräche zwischen Freunden, die befreundet bleiben, weil keiner des anderen Fremdsein durch Annäherung verletzt. Diese Keuschheit ist seine Vorbedingung. Seine Zärtlichkeit spart aus. Seine Liebe besteht auf Entzug. Mitten im Satz bricht er ab und geht. Das ist nicht befriedigend. Verdammt! Er ist noch nicht ausgebeutet genug. Man möchte seine Rückkehr einklagen und dem Tod, diesem Macher, die Fälschung nachweisen. Er soll wieder da sein, mehr geben, alles; denn noch sein letztes Angebot, der Schmerz, teilte sich aus Distanz, sich entschuldigend, mit.

Bevor wir rausgingen und die Hähne über Grab und Sarg hinweg krähten, sagte ich in der Dorfkirche: »Nicolas Born ist tot. Trost weiß ich nicht. Wir könnten versuchen, ihn weiter zu leben.«

Aber wie, wenn ihn die Fakten so laut überholen? Schlagzeilen knüppeldick. Der Brokdorf-Prozeß verloren. Die Ölpreise steigen. Selbst die Kirche faßt Energiebeschlüsse: Unser täglich Benzin gib uns heute … Tagtäglich Khomeini und seine Geiseln. Carter läßt drohen. Abrüstung soll durch Aufrüstung erzwungen werden. Frieden ist gleichgewichtiger Schrecken. Dafür fällt, weil das Sterben dort nicht mehr neu ist, Kambodscha aus den Nachrichten raus wie vorher der Massenmord an den Vietnam-Chinesen. Noch während es anhält: veraltet. Wie vor zehn Jahren, als das Fernsehangebot täglicher Todesraten aus Biafra von Hoffnungen überboten wurde, die in die siebziger Jahre zielten, denen nun nachgerufen werden soll, pünktlich auf Silvester: Sie waren einerseits andererseits …

Diesen Termin hast du abgesagt. Aber ich lasse dich nicht. Mit dem Hahnenschrei unterm Friedhofshimmel, ich will dich mitnehmen, Nicolas, in Orwells Jahrzehnt. Meine Kopfgeburt soll dir nicht erspart werden. Mit dir will ich Harm und Dörte Peters zusehen, wie sie Ende August – nur wenig Zukunft trau ich uns zu – in Hamburg-Fuhlsbüttel landen, zu ihrem Gepäck kommen, vom Taxi aus nach Altona die Sicherheit plakatiert sehen, dem Wahlkampf eingefädelt werden und nicht, kaum sind sie da, Nein schreien können, wie du Schluß Aufhören Nein Ende Tod gesagt hast, sondern zwischen Bauabschnitten hecheln müssen, zwischen Lohnpreis- und Preislohnspiralen gespannt sind, in Sachzwänge gespurt, in ihr tägliches Stimmungstief verlocht und von Hoffnungen geködert werden, hinter denen sie – na was schon! – das Prinzip vermuten.

Du kennst das: den Stein wälzen. Als wir dir nachriefen, hat dich Ledig-Rowohlt, dein alter Verleger, mit Camus verglichen. (»Ich verlasse Sisyphos am Fuße des Berges! Seine Last findet man immer wieder.«) Das ist heroisch. Weshalb mir Harm und Dörte Helden sind. Zwar wurden den beiden nur mäßige Steine aufgehalst, aber ihr Weg rauf runter den Berg ist auch im Flachland absurd. Ich will sie dir vorstellen. Dörte könnte dir liegen, zumal ihre Irgendwiesätze – »Irgendwie schaffen wir das schon!« – deine Nachsicht fänden. Und Harm, der außer Statistiken und Infos nur Krimis liest, wird dir auch noch vertraut werden, der gute Junge.

Eine Reise liegt hinter ihnen. Wie du im Libanon gewesen bist und nichts und alles gesehen hast, kommen die beiden aus Asien, wo sie nichts und alles begriffen haben. Nur schreiben können sie nicht. Sie müssen geschrieben werden: wie sie beamtet und nicht mehr ganz jung sind. Was sie vor zehn Jahren (ihren Protest) erlebt haben und was sie seitdem (so aktiv sie sind) nicht mehr erleben. Wie ihr Problem – das Kind Ja, das Kind Nein – immer neu gewickelt wird. Was sie aus Asien, außer Mitbringseln, nach Hause bringen und was sie, außer Vorgewußtem, neu wissen. Warum sie ohne Leidenschaft ganz gut mit sich auskommen und wie sie ihre Liebe als Partnerschaft handlich gemacht haben. Weshalb sie nicht einmalig, sondern zum Verwechseln sind. Und was sie im Film, während der Taxifahrt nach Altona, sagen sollen.

»So«, sagt Harm Peters, »genau so habe ich mir das vorgestellt. Plakatwälder. Der Steuermann Schmidt. Der Staatsmann Strauß. Sicherheit gegen Sicherheit.«

»Nichts ist sicher!« weiß Dörte genau. »Alles kommt ins Rutschen. Die machen sich alle was vor. Und nur die Grünen. Da, guck mal, die fleißigen Grünen!«

»Die«, sagt Harm, »die brocken uns Strauß ein. Sich und uns.«

»Tja«, sagt der Taxifahrer, »Sie haben wohl ne lange Reise hinter sich.«

»Asien«, sagt Harm. »Indien«, sagt Dörte.

»Kenn ich vom Fernsehen«, sagt der Taxifahrer. »Wenn man das sieht da, wie das da zugeht, denn geht es uns hier doch bestens.«

Und was sollen Harm und Dörte dazu im Film sagen? Sollen sie die sichere Kanzlerstimme bestätigen? Soll ihnen einerseits-andererseits dazu was einfallen? Oder sollen sie wortlos zahlen, den Zug nach Itzehoe nehmen und ihren Streit über die Grünen Ja, die Grünen Nein von Pinneberg nach Glückstadt, durch die flache Kremper-, die Wilstermarsch schleppen, wie sie den Streit um das verneinte, bejahte Kind von Bombay über Bangkok bis nach Bali verschleppt haben? (Jetzt will er »verdammt nochmal, endlich Vater werden«; aber sie will schon wieder »versteh doch« die Pille schlucken.)

Und wie ordnet sich ihre Rückkehr nach Itzehoe, das die beiden in Wahlkampfbemalung empfängt? Hier könnte Harm seinen Rappel bekommen, auf dem Bahnhofsvorplatz die Leberwurst aus dem Handgepäck ziehen und mit ihr schmeißen. (Er zielt auf ein Straußplakat, trifft aber das benachbarte Schmidtplakat.) »Für dich, Franz Josef! – Tut mir leid, Helmut . . . «

Oder ich lasse die beiden (noch immer mit Wurst) übergangslos zu Hause ankommen, wo sie ihre Koffer auspacken: sie ihren hinduistischen Nippes, er seine balinesischen Muscheln und Brocken.

Oder sie holen ihre Katze ab, die bei Uwe Jensens Schwester in Pension ist. Und dort bricht Dörte in Weinen aus, weil ihre Katze, die grau auf weißen Pfoten Dixi heißen könnte, inzwischen gejungt hat.

»Fünf Stück«, sagt Uwes Schwester Monika. »Vor drei Tagen. Sie sind noch blind. Guckmal, wie süß!« Aber Dörtes Blick schwimmt. Sie will nicht mehr sachlich sein.

Oder ich stelle das Lehrerpaar nach hartem Schnitt (und weil ja die Ferien auslaufen) sogleich in die Schule, wo sie mit Schülerfragen eingedeckt werden: »Was kostet nun in Djakarta ein japanisches Mofa?« – »Und sind Sie nun schwanger endlich, Frau Peters?«

Oder ich treibe die beiden nach rascher Folge von Zwischenschnitten – der Eilzug nach Itzehoe, die flache Wilstermarsch, die platzende Leberwurst, fünfmal jungte die Katze, die knallharten Schülerfragen – mitten hinein in den Wahlkampf. Ich stelle sie in Wirtshaussäle. In Kellinghusen, Lägerdorf, Wilster und Glückstadt lasse ich beide reden, wie ich reden werde, wenn es soweit ist: Daß man trotzdem. Obgleich alles ins Rutschen. Und sei es das kleinere Übel. Denn immerhin hat. Und ohne Entspannung würde. Desgleichen muß allen Sachzwängen zum Trotz. Damit nicht. Unter Strauß aber. Das sollten sogar die Grünen. Daß nur. Sonst wird. Die kommenden Krisen. Denen Schmidt wie schon oft. Selbst wenn wir den Gürtel enger. Totstellen zählt nicht!

Du bist da raus, Nicolas. Du hast uns dein Gedicht »Entsorgt« hinterlassen, das ich, bevor sich der Pfarrer bemühte und die Hähne krähten, für uns laut gelesen habe: »...Lebensstatisten, Abgänger. Am Tropf der Systeme...« Das ist immer wieder richtig. Das läßt sich ewiglich aus den Sonetten des Glogauers zitieren: »So werden wir verjagt gleich wie ein Rauch von Winden.« Denn Gryphius und Born sehen mit überdauernden Wörtern die Endzeit kommen.

Des Gryphius Endzeit kam nicht. Lustig wurde mörderisch weitergelebt. Auch Borns Endzeit – du weißt es, Nicolas – wird nicht kommen. Mörderisch werden wir überleben und lustig sein. Wir werden uns anpassen, uns wehren, uns einrichten und absichern. Wir werden aussteigen wollen und uns fortpflanzen; am Ende (nach Filmschluß) auch Dörte und Harm.

Ich steige nicht aus. Versuche ich es, steige ich immer (scheinbar nur anderswo) hinterrücks in die alten Verträge ein. Meine abgetretenen Fluchtstiefel. Oft muß ich Anlauf aus entlegenen Jahrhunderten nehmen, um wieder gegenwärtig zu sein. Es war einmal. Es ist einmal. Es wird einmal mehr gewesen sein. Neugierig bin ich auf die achtziger Jahre: ein Zeitgenosse, der sich einmischt. Na schön, ich pfeife im Wald. Ich träume heroisch. Ich wälze den talsüchtigen Stein bergauf und zitiere dabei. Ich reise und nehme mich mit. Aus Peking zurück, schreibe ich deutsche Haupt- und Nebensätze in vorläufiger, zweiter und letzter Fassung. Ich rechne mit Zuhörern, die Weghörer sein werden. Ich kann nicht entsorgen. Mein Fleiß macht euren Zuwachs nicht fett. Denn wenn ich nun vor den Deutschen (wie in China geprobt) Reichtum ausbreite, von den deutschen Literaturen spreche und sie das Wunder nenne, das wir vollbracht haben, kann ich zwar, vergleichend mit anderen, schon bröckelnden Wundern, dessen Bestand nachweisen, aber die Deutschen wissen sich nicht, wollen sich so nicht wissen.

Immer müssen sie schrecklich mehr oder dürftig weniger sein, als sie sind. Nichts wächst ihnen unbeschadet. Auf ihrem Hauklotz spaltet sich alles. Körper und Seele, Praxis und Theorie, Inhalt und Form, Geist und Macht sind Kleinholz, das sich schichten läßt. Auch Leben und Tod klaftern sie säuberlich: ihre lebenden Schriftsteller vertreiben sie gerne (oder unter Bedauern); ihren toten Dichtern sind sie fleißige Kranzbinder und Trauerdarsteller. Denkmalpflegende Hinterbliebene, solange die Kosten vertretbar bleiben.

Aber wir Schriftsteller sind nicht totzukriegen. Ratten und Schmeißfliegen, die am Konsens nagen und die Weißwäsche sprenkeln. Nehmt sie alle, wenn ihr am Sonntagnachmittag (und sei es beim Puzzle) Deutschland sucht: den toten Heine und den lebenden Biermann, Christa Wolf drüben, Heinrich Böll hier, Logau und Lessing, Kunert und Walser, stellt Goethe neben Thomas und Schiller neben Heinrich Mann, laßt Büchner in Bautzen und Grabbe in Stammheim einsitzen, hört Bettina, wenn ihr Sarah Kirsch hört, lernt Klopstock bei Rühmkorf, Luther bei Johnson, beim toten Born des Gryphius Jammertal und bei Jean Paul meine Idyllen kennen. Und wen ich noch durch die Zeiten wüßte. Laßt keinen aus. Von Herder bis Hebel, von Trakl bis Storm. Pfeift auf die Grenzen. Wünscht nur die Sprache geräumig. Seid anders reich. Schöpft ab den Profit. Denn Besseres (über die Drahtverhaue hinweg) haben wir nicht. Einzig die Literatur (und ihr Unterfutter: Geschichte, Mythen, Schuld und andere Rückstände) überwölbt die beiden sich grämlich abgrenzenden Staaten. Laßt sie gegeneinander bestehen – sie können nicht anders –, doch zwingt ihnen, damit wir nicht weiterhin blöde im Regen stehen, dieses gemeinsame Dach, unsere nicht teilbare Kultur, auf.

Sie werden sich sträuben, die beiden Staaten, weil sie vom Gegensatz leben. Sie wollen nicht klug wie Österreich sein. Immerfort müssen sie ihren Beethoven gegen unseren Beethoven (der in Wien liegt) abgrenzen. Ihren unseren: täglich bürgern sie Hölderlin aus.

Ich werde davon im Wahlkampf reden: an Strauß vorbei, doch fordernd gegen Schmidt, damit er es hört, der Macher, damit er macht, was zu machen uns bleibt.

Zum Beispiel die Nationalstiftung. Brandt hat sie zweiundsiebzig in seiner Regierungserklärung angekündigt. Darauf ist sie zum Ländergezänk geworden: nichtig inzwischen, ein lästiger Posten im Haushalt. Der Opposition war einzig die Standortfrage, der Regierung feige das »Niedrigerhängen« wichtig. Wirtschaft ging vor, Tarifabschlüsse, die Radikalenhatz. Anfragen der Künstler und ihrer Verbände hatten nur Reisespesen zur Folge. Die sich fortschreibende Ignoranz. Ins nächste Jahrzehnt das Unvermögen verschleppt.

Heute weiß ich, daß die Bundesrepublik vor dieser Aufgabe dürftig aussieht – wie auch die DDR alleine ihr nicht gewachsen wäre. Nur gemeinsam – wie sie ihr Veterinärabkommen schließen, ihre Straßengebühren regeln, mühselig also nach Gausschem Gesetz und immer wieder vom Katastrophenspiel der Weltpolitik gefoppt – könnten sie einer Nationalstiftung deutscher Kultur das Fundament legen, damit wir uns endlich begreifen, damit uns die Welt anders und nicht mehr als fürchterlich begreift.

In dieser Nationalstiftung hätte viel Platz. Der von beiden Staaten zänkisch beanspruchte Preußische Kulturbesitz fände seinen Ort. Die planlos verstreuten Kulturreste der verlorenen Ostprovinzen könnten uns dort die Ursachen unserer Verluste erkennen lehren. Raum böte sich den Widersprüchen der gegenwärtigen Künste. Es ließe sich aus dem vielschichtigen

Reichtum deutscher Regionen Beispielhaftes zusammentragen. Nicht daß die beiden Staaten und in ihnen die Länder, eifersüchtig, wie sie ihren Besitz halten, deshalb verarmen müßten. Es soll ja kein museales Monstrum, sondern ein Ort geschaffen werden, der jedem Deutschen geeignet wäre, sich selbst, seine Herkunft zu suchen und Fragwürdigkeiten zu finden. Kein Mausoleum, vielmehr eine begehbare, von mir aus durch zwei Eingänge begehbare (und deutschartig um die Ausgänge besorgte) Hauptstätte sollte – Ja wo? rufen die Schlauberger – ihre Adresse finden. Von mir aus im Niemandsland zwischen Ost und West, auf dem Potsdamer Platz. Dort könnte die Nationalstiftung den Widerpart aller Kulturen, die Mauer, an einer, einer einzigen Stelle aufheben.

Aber das geht doch nicht! höre ich rufen. Die wollen wie wir für sich bleiben. Das machen die drüben nie mit. Und wenn ja, zu welchem Preis. Was, gleichberechtigte Mitsprache sollen die haben? Die sind doch viel kleiner und keine echte Demokratie. Und anerkennen sollen wir die, endlich, als souveränen Staat anerkennen? Und was genau kriegen wir dafür? Lächerlich, zwei Staaten einer Nation. Auch noch Kulturnation. Was kann man sich dafür schon kaufen?!

Ich weiß. Es ist nur ein hellwacher Tagtraum. (Eine Kopfgeburt mehr.) Mir ist bekannt, daß ich in einer kulturbetriebsamen Barbarei lebe. Mit traurigen Zahlen läßt sich belegen, daß in beiden deutschen Staaten nach dem Krieg mehr kulturelle Substanz in Trümmer ging, als während des Krieges zerstört wurde. Hier und drüben wird Kultur allenfalls subventioniert. Drüben fürchtet man die Eigengesetzlichkeit der Künste, hier wird uns der »Kunstvorbehalt« als Narrenkappe verpaßt. Als Helmut Schmidt am 4. Dezember in Berlin vor dem Parteitag der SPD zwei Stunden lang umsichtig und auch mich beeindruckend sprach, fand in seiner Rede, die sonst nichts ausließ, Kultur nur als Aufzählung europäischer Zentren und Industriereviere Platz; und wenn sich Erich Honecker in seinen Reden für Planungsziele abmüht, muß jedesmal befürchtet werden, daß er sich auch auf die Kulturschaffenden und deren Planungsrückstände einläßt.

Warum spreche ich hier (und demnächst im Wahlkampf) dennoch aus, was nur wenige juckt, obgleich so viele, sobald sie von Deutschland und deutscher Kultur sprechen, den Mund bis zur Maulsperre voll nehmen? Weil ich es besser weiß. Weil die Tradition unserer Literatur diesen ohnmächtigen Trotz fordert. Weil es gesagt sein soll. Weil Nicolas Born tot ist. Weil ich mich schäme. Weil unser Mangel kein materieller und sozialer, sondern geistiger Notstand ist. Und weil meine beiden beamteten Gymnasiallehrer stellvertretend dumm vor ihrem Fächerwissen stehen, das ihnen in Fakten, Tabellen, Kurzfassungen und Infos auseinanderfällt. Harm und Dörte haben ihr Vakuum mit Karteikästen möbliert. Sie strampeln unter Informationen verschüttet. Aufs Stichwort abrufbar: alles und nichts. »Man müßte, man sollte, das muß doch zu machen sein!« Wenn sie auf den Elbdeich bei Brokdorf klettern und ein bißchen Weitsicht gewinnen, wollen beide sogleich die Welt retten. Jedes Rätsel ist ihnen einsichtig, doch sich selbst (in ihrer deutschen Zwischengröße) begreifen sie nicht.

Was hat sich verändert? Hat nur die Katze gejungt? Jetzt sind sie zu Hause, doch Asien schlägt zurück, ob er in halbvollen Wirtshaussälen oder sie vor Hausfrauen spricht. Beide werden »den Polarisierungsrummel« nicht mitmachen. Da die Grünen außer ihrem »Nein danke« nichts zu bieten haben, wollen Harm und Dörte (sie zögernd) den Grünen »knallharte Fragen« stellen: Zur Abrüstung durch Nachrüstung. Zur Rentensicherung. Zur Sicherung der Arbeitsplätze. Überhaupt zur Sicherheit. Doch weil auch ihnen auf knallharte Fragen nur butterweiche Antworten einfallen, ufern ihre Kurzreferate gern weltweit aus.

»Sicher«, sagt Harm in Wilster, »Vollbeschäftigung bleibt unser Ziel. Aber wir können den Energiebedarf für die achtziger Jahre nicht ohne Mitsprache der Dritten Welt sichern.«

»Die freie Marktwirtschaft«, sagt Dörte vor Hausfrauen in Glückstadt, »soll Grundlage unserer demokratischen Ordnung bleiben. Dennoch muß unser Konsumverhalten täglich das Reisdefizit in Indonesien mitdenken.«

Und wenn sich die beiden Asienreisenden warmgesprochen haben, so richtig global am Zuge sind, wenn Harm aus Brandts »Neuer Weltwirtschaftsordnung« zitiert, wenn Dörte aus den Papieren des »Club of Rome« schlimme Zahlen genannt hat, spuckt ihnen Dr. Konrad Wenthien, jener längst als »urkomisch« abgebuchte Reiseleiter und Wunderguru, ins allseits abgesicherte Redekonzept.

Da beschwört Dörte, die gerade noch zur Vernunft aufrief, »Indiens unabänderlich fatalistische Strukturen«; und Harm, dessen Wahlkampfdevise »Angst ist ein schlechter Ratgeber!« soeben verhallte, macht den immerhin ansehnlich versammelten Zementern im Arbeitervorort Lägerdorf mit seiner Prognose angst: »Es wird sich der asiatische Bevölkerungsdruck im Verlauf der achtziger Jahre bis hin nach Europa entladen, ja, unseren Kontinent überschwemmen. Ich sehe sie zu Tausenden, Hunderttausenden lautlos einsickern und hier, ja, auch hier in Itzehoe, zwischen uns . . . «

So kommt es, daß im Film Massen bewegt werden müssen. Während Harm Peters seinen Schreckensvisionen nachredet und Dörte Peters den Welt-Proteinmangel immer erschreckender steigert, muß Schlöndorff Komparsen aufbieten, die Wirtshaussäle der Wilstermarsch und den Hausfrauennachmittag in Glückstadt mit Indern, Malayen, Pakistani und Chinesen, mit Asiens Überschuß anreichern, bis Harm und Dörte von überwiegend fremdrassigem Publikum Beifall bekommen, während sich die restlichen Deutschstämmigen eingeschüchtert in der begeisterten Masse verlieren.

Ich sehe das in rascher Schnittfolge. Von Satz zu Satz reden die beiden Referenten die von ihnen gefürchtete Völkerwanderung so anschaulich herbei – »Sie kommen als einzelne und in Großfamilien« –, daß schließlich nur Neueuropäer den viel zu engen Wirtssaal bevölkern: »Arbeitsame, fleißige Menschen. Bescheiden und lernfähig . . . « Einzig der Kellner und zwei Serviererinnen scheinen deutschstämmig zu sein.

Jetzt erst tritt auf der einen, der anderen Wahlkampfveranstaltung als Coreferent Dr. Wenthien auf. In allen ihm geläufigen Sprachen, Hindi, Tamil, Indonesisch, sogar in Mandarin verkündet er die neue Weltordnung: »Die Kontinente verschwistern sich. Südost und Nordwest sind eins. Willig, ja, wie wir sehen, sogar beglückt geht Europa in Asien auf...«

Es werden Blumen geworfen. Räucherstäbchen vernebeln den Rednertisch. Seitab spielt ein Gamelanorchester. Harmonie stiftet Wenthiens Rede: »So verjüngt wird das deutsche Volk endlich zahlreich sein. Als Vielvölkerstaat werden wir ...«

Worauf nach hartem Schnitt wieder die flache Realität vorherrscht: Dörte gesteht den wohlgenährten Itzehoer Hausfrauen, daß sie nach langen inneren Kämpfen doch nicht die Grünen, sondern (kritisch natürlich) die Koalition unterstützt: »Dieser bayrische Grobian, meine Damen, ist keine Alternative!« Harm schließt seine Veranstaltung vor den Lägerdorfer Zementarbeitern mit der Feststellung: »Die zu erwartenden Krisen der achtziger Jahre erlauben uns nicht, ein Risiko einzugehen, das Strauß oder Albrecht heißt!« Beiden dankt ausreichender Applaus. Die Hausfrauen gießen sich Kaffee nach. Die Zementer rufen nach Bier. Nur die Bedienung mutet fremdländisch an.

Müde sind unsere Wahlkämpfer. Ihm oder ihr mag zu Hause der Satz »Demokratie ist verdammt anstrengend« bekennenswert sein. Dörte wickelt sich in ein indonesisches Mitbringsel. Harm steht bei seinen Muscheln. Sachte entkommen sie der Doppelveranstaltung. Und erst jetzt treffen beide eine Entscheidung, die besser vor einer Woche, frisch aus Asien zurück, getroffen worden wäre, aber Dörte wollte ja unbedingt der grauen Katze auf weißen Pfoten ein wenig Mutterglück gönnen.

Nur ein Kätzchen des Fünferwurfes wird Abnehmer finden. Vier restliche sind zuviel. Uwe Jensens Schwester Monika will ein Kätzchen nehmen. Weil Harm ihr versicherte: »Mensch, deinem Bruder geht es bestens auf Bali. Und wie der sich über die Leberwurst gefreut hat...«, konnte sie ihren Erich, der sich gegen eine Hauskatze aussprach, überzeugen: »Wir sind doch auch kinderlos. Und sone Katze bringt immerhin ein bißchen Leben in die Bude.«

Den Rest besorgt Harm. Er macht das diskret im Badezimmer der Altbauwohnung. Man hört nur das Wasser rauschen. Mit einem Plastikbeutel kommt er zurück, den er in der Küche (gegebenenfalls mit der immer noch anwesenden Leberwurst) in einen Müllbeutel einsackt. »Morgen«, ruft er, »wird das Zeug abgeholt!«

Im Wohnzimmer sitzt Dörte im Sarong tränenlos. Sie hat eine Schallplatte mit indischer Musik aufgelegt. Die graue Katze streicht auf weißen Pfoten durchs Zimmer. Sie miaut. Dörte sagt: »Ich hab Angst, Harm. Vor uns, vor allem.«

In Marktheidenfeld, einem fränkischen Flecken, den ich vor zehn Jahren im Wahlkampf – »Die Schnecke, das ist der Fortschritt!« – bereiste, las ich, zwischen öffentlichen Lesungen in Stuttgart und Lohr, für Volker Schlöndorff die Rohfassung des Manuskriptes »Kopfgeburten«. Wir saßen uns in einem Wirtshaus am Mainufer bei Frankenwein gegenüber. Einige Gäste wunderten sich über den halblauten Vortrag, doch duldete man uns.

Ich deutete den noch fehlenden Schluß an, ergänzte erzählend die Lücken: »Hier fehlt im Prospekt der Reisegesellschaft ›Sisyphos‹ noch ein passendes Zitat ...« (Später entschloß ich mich für den Satz: »Der absurde Mensch sagt ja, und seine Mühsal hat kein Ende mehr.«) Volker zeigte Farbfotos mit javanischen Motiven, Straßenszenen, Kinder. Alles sah falsch wie in Natur aus; so gut waren die Fotos.

Verdammt! Wie kriegen wir die Ästhetik des Farbfilms kaputt? Er macht alles schön, eindeutig, glatt, akzeptabel. Zum Beispiel die Angst. Dörtes Angst, Harms, unsere Angst. Die ist nicht farbig. Graustichig ist die. Wir folgen, wenn wir der Farbe folgen, einem Angebot der Filmindustrie, das uns zu glänzenden Fälschungen verführt. (Am Vortag hatte mich die Nachricht von Borns Tod erreicht.)

Also nein sagen zu den Angeboten. Die erstaunlichen Erfindungen ausschlagen. Sich zur technischen (menschlichen) Entwicklung, in deren Verlauf alles Machbare auch gemacht wurde, bewußt fehlverhalten. Das Machbare über den Prüfstein der Notwendigkeit stolpern lassen. Was sich der menschliche Kopf (zu groß geraten) ausdenkt, muß nicht umgesetzt, zur Tat, muß nicht tatsächlich werden. Alle, auch meine Kopfgeburten sind absurd. Deshalb lehnt Sisyphos einen berggängigen Transporter ab. Er lächelt. Sein Stein soll nicht beschleunigt werden.

Unmöglich? Wir sind schon zu abhängig von unseren sich selbsttätig weiterentwickelnden Kopfgeburten. Seit Zeus: sie pflanzen sich ohne Eisprung und Samenguß fort. Computer sagen von sich: Wir gehören zur dritten Generation. Schnelle Brüter sind nicht zu entsorgen. Neue Frühwarnsysteme lassen neue Raketen vergreisen, worauf junge Raketen die neuen Frühwarnsysteme hinfällig machen. Nichts weiß ich über Genetik, aber die Genetik weiß mich. Keine Ahnung von Mikroprozessoren, denen meine Ahnung ohnehin keine Ahnung wäre. Mein Protest gegen das Speichern von Daten ist gespeichert. Ich werde gedacht. Nachdem der menschliche Kopf (weil das machbar war) Hirne geboren hat, die nun seiner Kontrolle entwachsen, werden die freigesetzten, selbsttätigen, die demnächst mündigen Hirne den menschlichen Kopf (weil das machbar ist) stillegen, damit er endlich zur Ruhe kommt, Ruhe gibt.

Noch denkt er sich aus. Noch folgt er väterlich stolz (und nur mütterlich ein wenig besorgt) den Sprüngen seiner Kopfgeburten in das Versuchsgelände der achtziger Jahre. Wie schnell sie lernen! Wie unbekümmert sie, bevor ihnen Mama und Papa geläufig sind, das Wort »Selbstverwirklichung« plappern. Und wie rasch sie sich, unter Verzicht auf Mama und Papa, selbst verwirklichen werden: schneller und rigoroser als Harm und Dörte, die schon vor zehn Jahren auf der Uni in Kiel, beim Sit-in und auf Flugblättern, vom Recht auf Selbstverwirklichung sprachen.

»Dienen, sich fügen. Wir alle sind Rädchen nur im Getriebe jener von uns entworfenen Systeme ...« Das könnte, sagte ich zu Volker Schlöndorff in Marktheidenfeld, sinngemäß Dr. Wenthien sagen, worauf Harm und Dörte nein sagen, wie sie zum Kind nein sagen, zu dem sie eigentlich ja sagen, das sie eigentlich haben wollen. Beide suchen einen neuen Begriff für Fortschritt. Denn fortschrittlich (aus Gewohnheit) wollen sie sein. Umkehr wäre leicht zu mißdeuten. Stillstand haben sie nie geübt. »Langsam kriege auch ich Angst«, sagt Harm, »wir laufen doch nur noch, ich weiß nicht wem hinterdrein.«

Sie stehen auf dem Elbdeich bei Brokdorf und sehen, weil nach der Abweisung der Kläger in Schleswig die Bauarbeiten im Sinne der ersten Bauteilgenehmigung angefangen haben, das große selbsttätige, sich selbst verwirklichende Ja wachsen. Das Ja zum Fortschritt. Das sich immer wieder neu aufbereitende Ja. Das Ja zu den achtziger Jahren. Big Brothers Ja, dem immer noch, unwiderrufen, Orwells Nein ein wenig, doch nicht sonderlich lästig ist.

Born, Nicolas, wie lange bist du schon tot! Es datiert sich so rasch von dir fort. Soeben spannte ich einen neuen Bogen in die Maschine: loswerden will ich sie, diese Kopfgeburten.

9

Die chinesischen Frauen erstaunten der Nadelhaltung wegen. Sonst eher scheu, wollten sie die mitteleuropäische Methode des Strickens von nah sehen. (Gäbe es sie als mächtige Organisation, die Internationale strikkender Frauen, hätten die Männer bald das Zugucken nur.) Denn jener erdfarben abgestufte Wintershawl, den Ute während unserer Eisenbahnreise von Shanghai nach Kwelin zu stricken begonnen und während der Reise durch den asiatischen Großraum verlängert hatte, wurde, soviel dazwischenkam, zu Weihnachten fertig, weil Ute am Faden geblieben war, während sich meine Gedankenknäuel im sperrigen Gegenwartsmüll verliefen und auch jetzt noch, seitdem ich ihnen nachgehe, wirr zuhauf liegen.

Immer neue Kleinkatastrophen, die sich als Nachrichten ausgeben, als wollte das letzte der siebziger Jahre noch rasch, bevor es ausgeht, Kassensturz machen: Nach epileptischem Anfall ertrinkt im Alter von neununddreißig Jahren Rudi Dutschke in einer Badewanne. So spät geht die frühgefaßte Abrechnung auf. Ein mit vielen Schlagzeilen vorbereiteter Mordversuch hat nach zehn Jahren tödliche Folgen. Schon damals sprach man von mittelfristigen Perspektiven. Das Fernsehen zeigt verjährtes Filmmaterial: seinen Redeeifer.

Was macht mich traurig? Ein Revolutionär aus dem deutschen Bilderbuch. Wie ihn das Wünschen hinriß.

Wie ihm die Ideale sechsspännig durchgingen. Wie seine Visionen zu Taschenbüchern verkamen. Wie er still, freundlich, hilfsbedürftig der liebe Rudi wurde. Zum Schluß hielt er sich an die Grünen. Die ließen ihn reden: über alle Widersprüche hinweg.

Wenn sich Marx durch Melanchthon ausspricht: es wird wohl die besondere Mischung aus protestantischer Beredsamkeit und gewünschtem Sozialismus gewesen sein, die Rudi Dutschke so vieldeutige Umschreibungen seiner Botschaft erlaubten. Rudolf Bahro sorgt jetzt dafür, daß der hiesigen Politik das Messianische grün bleibt; Glaube, der sich durch Wirklichkeit nicht beirren läßt. Diese beiden Staaten nachwachsende Tradition wird uns, weil keiner Grenze, auch nicht der todsicheren hörig, das Semikolon als Zeichen deutscher Nachdenklichkeit erhalten; so fleißig der eine, der andere Staat Wälder von Ausrufzeichen gegeneinander pflanzt.

Mir galt Rudi Dutschke kurze Zeit lang als erkennbarer, als er demagogisch wurde, als diffuser Gegner. Ende der sechziger Jahre war der Kampf mit ihm und seinen Feinden nicht ungefährlich: wechselseitiger Haß geriet den Linken und Rechten zum Bündnis gegen die Mitte. Später mußte sich Dutschke seiner Anhänger erwehren. Seinen Appell, »den Marsch durch die Institutionen« anzutreten, setzten viele (nur er nicht) um und wurden Beamte.

Ich frage mich, wie Harm und Dörte Peters, die Dutschke in Berlin während einer Großdemonstration erlebt, die sich ihm zwei Semester lang angeschlossen hatten, seinen Tod aufnehmen. Wie mir, der ich zum Alter hin älter wurde, liegt ihnen, die sie (wider Erwarten) nicht jung blieben, die abschließende Nachricht vor. Sind sie betroffen? Erlauben sie sich, betroffen zu sein? Sagt er: »Verdammte Scheiße«? Sagt sie: »Die Badewanne, das paßt doch gar nicht zu ihm«? Könnte es sein, daß acht Monate nach Rudi Dutschkes Tod – die beiden sind frisch aus Asien zurück – in der Itzehoer Wohnung noch immer ein Zeitungsfoto (mit handschriftlichem Todesdatum) über Harms Schreibtisch angepinnt ist? Und hat Dörte der schwanger hinterbliebenen Frau, der zwei Kinder wegen weinen können? Oder haben die beiden das alles, die Ideen und Helden ihrer Protest- und Studentenzeit, wie es zeitgemäß ist, versachlicht?

Womöglich sagt Harm Peters: »Der Rudi, der war, politisch gesehen, schon vor dem Attentat tot. Da hatten doch, besonders nach seinem ›Capital‹-Interview, ganz andere Typen das Sagen: Semmler, Rabehl...« Und Dörte Peters höre ich: »Also mitreißen konnte der schon. Aber wenn ich das hinterher las, was er geredet hatte, war da nicht durchzublicken. Ehrlich unbegreiflich, auch meine Begeisterung, als er...«

Sie haben Abstand oder behaupten, Abstand zu haben. Ich glaube den beiden nicht. Sie wollen das damals nicht so gemeint haben, was ihm nachzureden leichtgefallen war: »Charaktermasken und so...« Nur mit Vorbehalt hätten sie sich für das, gegen das ausgesprochen. Außerdem wäre in Kiel sowieso alles anders gelaufen: viel disziplinierter.

Harm und Dörte können nicht zugeben, daß ihnen mit Dutschkes Tod etwas abgestorben ist: ein bestimmter Nerv, ihr umfassender Entwurf; denn für das weltweite Unrecht sind beide (wie beide sagen), »seit damals sensibilisiert«, nur für das naheliegende Unrecht immer weniger.

Auch darüber sollten sie sprechen: in Bombay oder unter Hotelpalmen auf Bali. Sie bleiben ja, wo immer sie stumm werden sollten, angespannt im Gespräch. »Zugegeben«, könnte Dörte im Slum Khlong Toei sagen, »Dutschkes Tod hat mich ziemlich kalt gelassen, als das in der Tagesschau lief. Aber für das hier, ich meine global, für die Dritte Welt und was hier alles schiefgeht, dafür hat er uns sensibilisiert.«

So prompt Harm seiner Dörte zustimmt – »Klar, der Rudi hat uns paar wichtige Zusammenhänge gezeigt« –, datiert er dennoch seine Sensibilisierung vor Dutschke: »Über Nord-Süd-Gefälle und so, das hat Eppler alles viel früher und viel genauer gesagt, daß wir immer reicher, die immer ärmer werden. Wollten wir bloß nicht hören.«

Beide erinnern sich ihrer Anfänge ungenau. Seitdem kam zuviel Gegenwart dazwischen: »Das nervt!« Ein wenig wehleidig – dabei ihre Wehleidigkeit ironisierend: »Mann, sind wir groß im Jammern ...« – beklagen sie ihre Versäumnisse, indem sie den einen, den anderen Fehlposten auf die Konten wechselnder Umstände oder – wie Dörte sagt – »gesellschaftlicher Zwänge« abbuchen. Das tun sie in allen Lebenslagen, an jedem noch so entlegenen Ort. Selten hat eine Generation sich so früh erschöpft; die gehen entweder kaputt oder kein Risiko mehr ein.

Weshalb auch die Frage nach dem Kind Ja, dem Kind Nein nun, nachdem die Umstände und Zwänge der

Asienreise keine eindeutige Antwort erlauben, neuen Verstörungen unterworfen ist. Zwar sind sich beide (in Wahlkampfpausen) einig, daß Harms Mutter, sobald sie in Hademarschen nicht mehr alleine zurechtkommt, in einem Altersheim versorgt werden soll – »Sagt sie doch selber, daß sie das lieber will, als zu uns ziehen« –, doch als Harm Dörtes Pillen ins Klo schmeißt, wissen will endlich, »was Sache ist«, und seine Dörte zuerst im Badezimmer, dann nebenan wie ein Bulle angeht, sagt sie gegen Schluß des Films, was ich für den Filmbeginn notiert hatte: »Das bringt nichts, Harm. Das hängt jetzt alles vom Wahlausgang ab. Unter Strauß jedenfalls setz ich kein Kind in die Welt.«

Als sei er die Zukunft. Als werde sein Sieg das Aussterben der Deutschen zur Folge haben. Als könne seine Niederlage alles zum Guten wenden. So oder so gehofft oder befürchtet: er verkörpert das den Deutschen notwendige Gruseln. Dabei ist nicht einmal sicher, ob er als Kandidat bis zum Wahltag durchhält.

Noch wühlt er im Kostümverleih nach ihm passenden Möglichkeiten. Er probiert an, verwirft, beschimpft den Garderobenspiegel und will sich schlanker tragen, als ihm kleidsam ist. Immer, auch bei erfolgreichen Auftritten, hängt ihm der Makel an, eine begabte Fehlbesetzung zu sein. Gegenwärtig kopiert er Schmidt, was schwieriger ist, als man vermuten mochte. Sogar das Schwitzen soll ihm versagt sein. So läuft er Rollen hinterdrein und wird immer unkenntlicher.

Dabei gibt es ihn: so treuherzig wie brutal. Man sehe ihn rückblickend in Chile wie in Griechenland zuvor: der Militärdiktatur vertraut; in Portugal und Spanien: den Resten der Falange gewogen; wo immer unterwegs: Arm in Arm mit der Reaktion.

Man lese seine Sonthofener Rede, die er am 19. November 1974 (unserem Gedächtnis zur Probe) gehalten hat, und drucke in großer Auflage des Kandidaten Entwurf zur Gewinnung der Macht, damit er wieder erkennbar wird, damit uns erinnerlich bleibt, wie wirr und präzise sein Terror nach Ausdruck sucht.

Und doch will ihm keine der Krisen, die er herbeiwünschte, die zu fördern er seine Parteigänger aufrief, gefällig werden. Seine ständige Rede – »Ich habe schon immer davor gewarnt ...« – weist ihn als einen Streiter aus, der des Gegners Siege von dazumal in gegenwärtiges Chaos umdeuten will. Doch so düster er in Sonthofen auftrug, keine der biblischen Plagen hat ihn zum Retter aus Krisennot gemacht. Was mit Kalkül geheckt wurde, die große Angst, hat sich durch seinen Redefluß nicht ins Gemüt der Deutschen schwemmen lassen, so gastlich es sonst allen Ängsten offensteht; weshalb er sogar auf eigenem Feld ein minderer Prophet geblieben ist.

Weder bricht der Staat unter Verschuldungen zusammen, noch ist die Zahl der Arbeitslosen in seine Wunschhöhe geklettert. Trotz dümmster Gesetze flaute der Terrorismus ab. Die Wirtschaft, bisher seinesgleichen mit Geldern gefällig, tat ihm den ganz großen Gefallen nicht, wollte keinen alles mitreißenden Zusammenbruch, sondern nutzte die Konjunktur und investierte (steuerbegünstigt). Selbst die weltweiten Krisen, auf die in Sonthofen ruinöse Hoffnung verschwendet wurde, trafen die Bundesrepublik nur abgeschwächt, weil die sozialliberale Koalition ihnen standhielt; der Kanzler notfalls die Nachbarn belehrend.

Weder zog der kränkelnde Dollar die Mark ins Siechenbett, noch mußte das Benzin rationiert werden. Kein Massenelend half. Kein bundesweites Heulen und Zähneklappern, keine gebündelten Schreie nach dem Erlöser ließen den Namen des Angstbrauers laut werden. Ungerufen zwang er sich seiner Partei auf. Nun steht er hinter Kulissen bereit. Zwei Hauptrollen will er verkörpern, will Franz und Karl Moor zugleich sein. Aber das Stichwort kommt nicht.

Weil jetzt, vor Beginn des neuen Jahrzehnts, die wirklichen, die nicht herbeigeredeten Krisen real sind, wird er am Ernstfall gemessen werden und zur Mittelgröße schrumpfen. Allein unter seinesgleichen, in Sonthofen, war er groß: mit Worten. Doch selbst jene Kumpane, die er mit seiner Schnellfeuerrede an die Wand gestellt hat – Leisler Kiep, Barzel, Kohl – sind immer noch da und warten auf seinen Abgang.

Gerne würde ich Harm Peters in Kellinghusen und Wilster so reden lassen. Aber er neigt nur lustlos dazu, die Erfolge seiner Partei und seines ihm weit entrückten Kanzlers ins Licht zu stellen. Zwar sagt er nach zwei Brandt-Zitaten und einem Schmidt-Zitat »Unsere Erfolge können sich weltweit sehen lassen!« – aber danach sind ihm der Proteinmangel und andere Sorgen der Dritten Welt näher als Wohngeld und Rentenreform.

Auch vergißt Harm, meine These von den beiden Staaten einer Kulturnation vorzutragen, so sehr ich ihn (vielleicht zu dringlich) darum bat. Allenfalls ruft er, nach kurzer Würdigung des Veterinärabkommens, in wechselnde Wirtshaussäle: »Die Entspannungspolitik muß fortgesetzt werden!« Genaueres fällt ihm zu Deutschland nicht ein.

Andererseits ist es mir (mit Beispielen aus meiner Hitlerjugendzeit) gelungen, Harm und auch Dörte Peters zu bewegen, den Kandidaten aus dem Wortfeld »Faschismus, faschistoid, latent faschistisch« herauszuhalten, und beide haben meine Beweisführung übernommen, daß Strauß zu wenig geleistet hat, um Bundeskanzler zu werden, selbst wenn man seine Affären als Leistung buchen wollte.

»Ein miserabler Verteidigungsminister, der während der Kubakrise nicht zurechnungsfähig gewesen ist, sollte als disqualifiziert gelten!« ruft Harm unter Beifall. »Aus seiner Zeit als Finanzminister«, sagt Dörte, »ist nur sein so störrisches wie vernunftwidriges Nein zur Aufwertung der DM in Erinnerung geblieben.« Mit mir ist Harm in Itzehoes Café Schwarz der Meinung: »Nichts, kein mehr Gerechtigkeit schaffendes Sozialgesetz, keine noch so bescheidene demokratische Reform verrät seine Handschrift. Selbst aus konservativer Sicht ist ihm über den Eintagseinfall hinaus nichts gelungen. Nicht einmal eine Hallstein-Doktrin könnte man nach ihm benennen. Ein redebegabter Versager ist Strauß!«

Jedenfalls als Politiker. Auf anderem Feld wüßte mein Kopf ihn erfolgreicher. Schon oft habe ich mir gedacht: Hätte er doch und wäre er doch...

Jaja, liebe Kollegen, ich weiß: er ist gefährlich. Er zieht die Massen an. Seine Anhänger, seine Gegner sind sicher: mit der Macht umgehen, das kann er. Käme er an die Macht, hätte er keine Bedenken, ihren Selbstzweck zu feiern. Und zum Gebrauch der Macht fiele ihm täglich was ein.

Denn Einfälle hat er, zu viele. Er ist ja kein Langweiler. Nie gehen ihm die Wörter aus. Von Sprache überfüllt, schleudert, erbricht er manchmal wortwörtliche Restbestände, die seit Jahrzehnten nicht oder so nicht zu Gehör kamen. Oft entwischt ihm die Sprache als Durchfall. Sätze, hochgerüstet zu Kolonnen formiert, treten sich auf die Hacken. Doch seine Fähigkeit zum abendfüllenden Wortgedrängel, zum hochgestimmten Wörterfest, läßt uns vermuten, daß ihm, der sich in Sachen Machtgewinn abgehetzt und bis zum Aberwitz verrannt hat, ganz andere Talente eignen.

Denn eigentlich ist er – um von ihm als Politiker Abschied zu nehmen –, eine fehlentwickelte Begabung. Noch könnte er sich besinnen. Hätte er sich früher besonnen, wäre er heute einer von uns. Denn, liebe Kollegen, wie verstiegen und dürftig zugleich, wie arm an Wörtern haben wir begonnen? Damals, als uns die Stunde Null nicht schlug. Damals im Mai, als der Kahlschlag zum Stil erklärt wurde.

Ich bin sicher: Fleiß vorausgesetzt, wäre er (nach einigen völkisch-verblasenen Versuchen während seiner Soldatenzeit) bald nach Kriegsende produktiv geworden: mit pazifistischer Tendenz anklagend, karg in einem kargen Trümmergedicht. Ich schließe seine Teilnahme an frühen Tagungen der Gruppe 47 nicht aus, wenn nicht anfangs in Bannwaldsee, so doch drei Jahre später im ehemaligen Kloster Inzighofen, als zum ersten Mal der Gruppenpreis (an Günter Eich) vergeben wurde. Jedenfalls hätte er Anfang der fünfziger Jahre unter Hans Werner Richters mild-strengem Vorsitz – in Bad Dürkheim war's – aus seinem engagierten Antikriegsroman (oder Hörspiel) »Der Karabiner 98« mit Erfolg vorlesen und einen Verleger (Desch womöglich) gewinnen können.

Bei seinem Hang zum tapferen Nein hätte er sich an den Aktionen des Grünwalder Kreises, am »Kampf gegen den Atomtod« und an Ostermärschen beteiligt. Mit anderen wäre er auf Barzels Schwarze Liste geraten. Heute noch denkwürdig seine Rede, die er mutig bis zur Unerschrockenheit »Wider die Wiederbewaffnung« in Vilshofen gehalten hat.

Ab Mitte der fünfziger Jahre bin ich befreundet mit ihm, der mittlerweile mit Walser und Carl Amery befreundet ist. In Bebenhausen und Niederpöcking: herrlich streiten sehe ich uns und elf Weltprobleme gleichzeitig zerreden. Mein »Blechtrommel«-Erfolg trübt unsere Freundschaft nicht. Bei der Vergabe des Gruppe-47-Preises in Großholzleute unterliegt er nur knapp mit dem Anfangskapitel seiner Satire »Onkel Aloys«, die, kaum veröffentlicht, von einstweiligen Verfügungen bedroht wird. Zum Gruppenpreis gratuliert er mir als erster. (Herrgott, haben wir darauf einen getrunken. Und schwadroniert. Und uns mit Wortspielen überboten. Kindlich, egozentrisch, vital, sensibel, gotteslästerlich, fromm, wortselig . . .)

Er schreibt sich frei. »Ein Naturtalent, ein Berserker« – wie die Kritik ihn feiert oder als »unbeherrscht und zersetzend« verreißt. Alles, was uns in roher Direktheit empört, der Wille zur Macht, gerät ihm, mit Wörtern nur, zur großen, Zeit und Gesellschaft deutenden Bewegung. Selbst der infamen Intrige leitet er ironisch gebrochene Spannung und, das katholische Milieu ausleuchtend, vielschichtige Einsichten ab. Zwei Romane, eine Erzählung entstehen, in denen sich Leben, unsere Epoche spiegelt, bricht, findet, transparent wird: die »Aschermittwoch-Trilogie« als episch verzweigte Chronik einer bayrischen Bierbrauer-Dynastie. Und dann erschüttert er uns mit dem »Fehlkauf« genannten inneren Monolog eines abstürzenden Starfighter-Piloten. Der Bremer Literaturpreis wird ihm verweigert, der Büchner-Preis zugesprochen. (Wie habe auch ich ihn bewundert!)

Erst ab Mitte der sechziger Jahre, nachdem wir noch während der »Spiegel-Affäre« einer Meinung gewesen sind, entzweit uns mein zunehmendes Engagement für die SPD. In der Zeitschrift »konkret« mokiert er sich unter dem Titel »Reförmchenbäcker« über meinen »Rückfall in kleinbürgerliche Verhaltensmuster«. Ich antworte. Er schlägt zurück. Unsere Namen stehen gegeneinander: scharf, einsilbig.

So kann es nicht verwundern, daß er im Verlauf des Studentenprotestes weit nach links rückt. (Er soll im Herbst 67 versucht haben, im Bunde mit Erlanger Studenten, die letzte Tagung der Gruppe in der Pulvermühle zu sprengen.) Nun mit Lettau, Fried, Enzensberger befreundet, schreibt er Mundartgedichte gegen die Notstandsgesetze, die bei Wagenbach verlegt werden. Im »Kursbuch« zeichnet er als Autor eines Artikels über den Tiroler Freiheitskampf gegen Napoleon und erregt Aufsehen, indem er Andreas Hofer mit Che Guevara vergleicht.

Der Militante. Freilich mit Wörtern nur. Denn als er wenige Jahre später in Verdacht gerät, Sympathisant der Terroristen und in Folge dieser gewalttätigen Entwicklung »geistiger Urheber« zu sein, kann ihm, außer der Kriegsbekanntschaft mit einem später ermordeten Wirtschaftsmanager, nichts nachgewiesen werden.

Eher ist richtig, daß er nach dem Abflauen des Studentenprotestes die Nähe der DKP sucht, ohne allerdings Mitglied zu werden. Während dieser Zeit schreibt er zwei im bayrischen Sozialmilieu handelnde, überaus wirksame Bühnenstücke. Handgreifliche Dialoge lassen die platte Parteitendenz vergessen: Der Kritiker Kaiser ist entzückt. Doch dann wird die Spionageaffäre im Kanzleramt, der Brandts Rücktritt folgt, für ihn zur Zäsur.

Nach seiner Abkehr von den orthodoxen Kommunisten hört man ihn mehrere Monate lang schweigen, worauf ihm mit Ludwig-Thoma-Übersetzungen ins Lateinische abermals eine Überraschung gelingt. Außerhalb Bayerns wird dieses Büchlein sogar als Schultext zugelassen. Desgleichen ist er mit einem Band lateinischer Originalgedichte unter dem Titel »De rattis et calliphoris« in Kennerkreisen erfolgreich, muß sich aber von linken Kritikern den Vorwurf zunehmender Esoterik gefallen lassen. (Hier will ich der Kritik widersprechen, denn geradezu leidenschaftlich verteidigt der gescholtene Autor in seiner neulateinischen Lyrik das Sozialverhalten der Ratten. Seine

Sprachlust feiert die proletarische Schönheit der Schmeißfliegen. Diese an Horaz geschulten Verse werden, ich bin sicher, jede Kritik überdauern.)

Seitdem, liebe Kollegen, ist er extrem naturbewußt. Er war ja schon immer beweglich. Neuerdings sehen wir ihn mit Wahlaufrufen die Grünen unterstützen, obgleich er mehr den Bunten zuneigt. Nachdem ich ihn während einer Tagung in Berlin – wir sind Mitglieder der Akademie der Künste – nun schon wieder annähernd freundschaftlich ins Gespräch gezogen, ihm meine Bedenken vorgetragen habe – »Dein Votum für die Grünen könnte deinen Namensvetter an die Macht bringen« –, gibt er mir, radikal wie eh und je, lautstarken Bescheid: »Und wenn schon! Soll er doch! Diese Gesellschaft hat nichts anderes verdient. Dieses System muß bis in seine Fundamente erschüttert werden. Diesen zum Himmel schreienden Mißständen ist nur mit einer totalen Krise beizukommen. Und danach muß jemand mit eiserner Hand ...«

Ich resigniere: diese Schriftsteller! Immer wollen sie das Unterste zuoberst kehren. Wie gut, daß man nicht auf sie hört.

Zum Beispiel Harm und Dörte. Denen ist Literatur grad noch eine Ablenkung wert. Von seinen Infos, von Asterix- und Science-fiction-Heftchen abgesehen, liest Harm (in Originalsprache allerdings) nur englische Krimis. Gelegentlich hält er sich schulisch mit Sach- und Fachbüchern fit. Auch Dörte, die als Kind trotz bäuerlicher Umgebung eine Leseratte gewesen sein soll, liest nur noch fachlich orientiert, wenn ich das lustlose Anlesen literarischer Neuerscheinungen – »Das ist mir alles gesellschaftlich nicht relevant genug« – außer acht lasse.

Dabei hätte ich die beiden (als meine Kopfgeburten) gerne epischer entfächert, ihnen Zwischentöne zugesprochen und tragischen Schattenwurf erlaubt. Es wäre mir ein Vergnügen gewesen, Dörte aus Borns Gedichten zitieren zu lassen: auf den Brokdorfer Elbdeich gestellt. Nur mit Hilfe der Reisegesellschaft »Sisyphos« und ihren einschlägigen Prospektzitaten gelang es mir, Harm (hoffentlich) auf Camus neugierig zu machen. (Ob er Orwell nun wirklich lesen und nicht nur den einen Titel als Schreckschuß vor Publikum mißbrauchen wird?) Außerdem könnte Dr. Konrad Wenthien meine beiden Lehrer (und sei es vermittelt durch Vicki Baum) ein wenig gefördert haben. Von Schaden kann es nicht sein, wenn unsere fachkundigen Studienräte zukünftig lesende Pädagogen sind: noch eine mittelfristige Perspektive.

Der Film muß jetzt schließen. Nur die Schule und der Wahlkampf gehen weiter. Dessen Ausgang weiß ich nicht. Wie mir insgesamt das Jahr achtzig, bevor es morgen anbricht, verhangen und offen allenfalls für Spekulationen ist. Die letzten Nachrichten melden sowjetische Truppen in Kabul. Etwas zieht sich (wie außer Kontrolle) zusammen. Schnell Afghanistan im Atlas suchen. Streng logisch breitet sich Wahnsinn aus. Die beiden Großmächte könnten in dieser und jener Stimmung sein. Oder ein Übersetzungsfehler hat Folgen. Kopflos wie ich mit meinen Bedenken – wenn es Krieg gibt, werden Schlöndorff und ich keinen Film drehen – treten in aller Welt Krisenstäbe zusammen. Sie spielen durch, was sie gelernt haben: einander abgestuft abschrecken. Sie können bis drei zählen. Sarajewo Danzig...

Hoffentlich bleibt das Wetter stabil. Ute und ich haben Gäste geladen. Wir feiern Silvester. Es soll gekochte Rinderbrust mit grüner Soße geben. Und davor Fisch: Butt natürlich.

Weil Harm und Dörte Peters nach den letzten Unterrichtsstunden im Kaiser-Karl-Gymnasium, kurz KKS genannt, in ihren alten, seit Referendarzeiten gepflegten VW steigen und auf ein Schnellgericht nach Hause, bevor der Wahlkampfrummel wieder beginnt, in ihre Altbauwohnung voller Reiseandenken, zu ihrer grauen Katze auf weißen Pfoten wollen, läuft ihnen in einer wenig befahrenen Seitenstraße, die vom Feldschmiedekamp abzweigt – Dörte fährt –, ein Junge vor den Wagen, ohne daß (außer scharf bremsen) etwas passiert.

Es ist ein Türkenjunge, der, neun oder zehn Jahre alt, lachend noch einmal Glück hat. Auf ihn warten weitere Türkenjungen, die mit ihm sein Überleben feiern. Jetzt kommen aus Nebenstraßen und Hinterhöfen, von überall her immer mehr Kinder, die alle fremdländisch sind. Indische, chinesische, afrikanische, heitere Kinder. Sie beleben die Straße, winken aus Fenstern, springen von Mauern, werden zahllos. Alle feiern den kleinen Türken, der nochmal Glück gehabt hat. Sie umdrängen, betasten ihn. Sie klopfen den gut erhaltenen VW ab, in dem unser kinderloses Lehrerpaar sitzt und nicht weiß, was sagen auf deutsch.

Inhalt

Für die neue Werkausgabe wurden alle Texte mit den Erstausgaben verglichen und in Abstimmung mit dem Autor kritisch durchgesehen. Unter den Essays und Reden, die erstmals in diesem Umfang vorliegen, findet sich eine ganze Reihe von Texten, die bisher gar nicht oder nur an entlegener Stelle gedruckt waren. Ein Personenregister erschließt die nichtfiktionalen Texte.

Die Werkausgabe wird ergänzt durch sieben Kommentar- und Materialienbände. Der Stellenkommentar bietet Erläuterungen zu Personen, Ereignissen und kulturhistorischen Details und verfolgt die vielfältigen Motivverknüpfungen in Grass' schriftstellerischem und bildkünstlerischem Werk. Die Materialien umfassen ausgewählte Quellen, Zeugnisse zur Entstehungsgeschichte und motivverwandte Texte von Grass. Mit Entwürfen und Auszügen aus verschiedenen Fassungen geben sie exemplarisch Einblick in den Arbeitsprozeß des Autors. Bilddokumente mit Grafiken, Arbeitsplänen, Karten und Fotos runden die Materialien ab.

Günter Grass: Werkausgabe

1: Gedichte und Kurzprosa. 2: Theaterspiele. 3: Die Blechtrommel. 4: Katz und Maus. 5: Hundejahre. 6: örtlich betäubt. 7: Aus dem Tagebuch einer Schnecke. 8: Der Butt. 9: Das Treffen in Telgte. 10: Kopfgeburten oder Die Deutschen sterben aus. 11: Die Rättin. 12: Unkenrufe. 13: Ein weites Feld. 14: Essays und Reden I, 1955–1969. 15: Essays und Reden II, 1970–1979. 16: Essays und Reden III, 1980–1997.

Kommentar- und Materialienbände

1: Gedichte und Kurzprosa, Theaterspiele. 2: Die Blechtrommel, Katz und Maus, Hundejahre. 3: örtlich betäubt, Aus dem Tagebuch einer Schnecke. 4: Der Butt, Das Treffen in Telgte. 5: Kopfgeburten, Die Rättin. 6: Unkenrufe, Ein weites Feld. 7: Essays und Reden.